JN072417

# 義妹生活 2

三河ごーすと

MF文庫J

綾瀬沙季《あやせ さき》
高校二年生。親の再婚で悠太の義妹となる。派手な格好のため不良生徒だと思われており、クラスでも浮き気味。
「全人類がドライにやれたらラクなのにね。私と浅村くんみたいに」
「恩を売っておいた方がそのうち返してもらえるかもだし。Win-Winだよ」
浅村悠太《あさむら ゆうた》
高校二年生。親の再婚で沙季の義兄となる。普通の高校生だが、どこか他人と距離を置いている。活字中毒レベルで本が好き。
「おー！　ウワサのお兄さん！　ホントに隣のクラスの浅村くんなんだーっ！」
奈良坂真綾《ならさか まあや》
沙季のクラスメイト。常に元気でお節介焼きで、孤立している沙季を見かねてウザく絡んでいくうちに友達になった。

「妹ができたんだろ？ このお兄ちゃんめ」

**丸友和《まる ともかず》**

悠太のクラスメイト。悠太にとってほぼ唯一とも言える学校の友人。野球部員でありオタクでもある。

「父さん、結婚することにしたんだ」

**浅村太一《あさむら たいち》**

悠太の実父にして沙季の義父。前妻との間にいろいろあって離婚し、綾瀬亜季子と再婚する。悠太や沙季との関係は良好。

「うふふ。太一さんから話は聞いていたけれど、本当にしっかりしてるのね」

**綾瀬亜季子《あやせ あきこ》**

沙季の実母にして悠太の義母。元夫との離婚後、精力的に仕事に励み、再婚するまで女手ひとつで沙季を育ててきた。

「いつもありがとねぇ。ホント、後輩君は頼りになるよぅ」

**読売栞《よみうり しおり》**

大学生。悠太のバイト先である書店の先輩アルバイト。世話焼きな先輩として悠太の「妹との関係」を応援している。

# Contents

Days with my Step Sister

2



{口絵・本文イラスト} Hiten

彼女が最後に解くことになる問題は、どんな小説の読解よりも難しかった——

# ●プロローグ

義理の妹という存在はつまり他人だ。俺は経験からそう言える。

親同士のいきなりの再婚。それによって生じた兄妹《きょうだい》関係なんて、遺伝子が主張するような親近感もなく、互いに積み重ねた歳月もないのだから、考えてみるまでもなく当然だろう。

ただ、親父《おやじ》と亜季子《あきこ》さんが結婚し、亜季子さんの娘も含めての四人暮らしが始まって一ヶ月が過ぎた今、俺はこの「義妹《ぎまい》という他人」がきわめて微妙なポジションにある存在だと気づき始めている……。シェアハウスしているだけの他人、とは言えないのではなかろうかと。

ただ、ではどういう存在なのかと問われると答えに詰まる。

学校が終わり、マンションに帰りついて、手に馴染《なじ》んだドアノブを回した。

「おかえり、浅村《あさむら》くん」

「ただいま、綾瀬《あやせ》さん」

扉を開けた途端に俺に掛けられた義妹からの言葉と俺が返す言葉は一ヶ月経《た》っても変わっていない。

わずか一週間の誕生日の差で、俺は兄という配役を割り振られ、彼女は妹になっただけなのだ。その役が意味するような振る舞いなどとは無縁であり、敬意を払い合う他人同士のフラットな挨拶がそこにあるだけだ。

「お帰りっ、お兄ちゃん♪」などという甘いお迎えもないが「きたねえ顔、見せんなよ、クソ兄貴！」という罵倒も飛んできたりしない。幸いにも。

ただ――。

最近になって挨拶の後ろにほんのすこしだけ言葉が添えられるようになった。例えばこんなふうに。

「今日からバイト再開だって言ってたよね」

「綾瀬さんも、今日から？」

そう、と返事が返ってくる。

何気ない他愛《たあい》もない会話だけれど、このほんのすこしの付け足しが俺と義理の妹である綾瀬さんとの間に生じた変化なのだと言えないこともない。

期末試験の一週間前から俺は一時的にバイトを休ませてもらっていた。

綾瀬さんも、食事の支度を休んでいい、むしろ休みなさいと、親父と亜季子さんから言われていた。

今日で試験も終わり、今の会話でそれを互いに確認しあったというわけで。

それをきっかけに、俺は義理の妹という、この他人でいながら身内でもある存在に対して思考を巡らせる。

短いようでそれなりにある一ヶ月。

例えばこれが恋人同士だったら、一ヶ月も同棲《どうせい》すれば互いの嫌な部分が見えてきて仲がギスギスしたり、逆に距離が縮まってもっと仲良くなったりするのだろう。変化の度合いがそれなりにありそうだ。いや、俺は恋人と同棲したことなどないので、あくまで書物の中から得た知識からの推測なのだが。

では相手が本当の妹だったら？　そう、たぶん一ヶ月程度では何も変わらない。これが正解。積み重ねた歳月が十年以上にもなるのならば、たかが一ヶ月で変わるはずもない。

つまり変化しないだろう。

義妹《ぎまい》は——気に障る欠点にストレスを感じるほどの近い存在でもなければ、空気のようでいられるほど馴染《なじ》んだ存在でもなかった。

俺は、それなりの量の本を読んできたほうだと思うのだけれど、この距離感を言い表す言葉が思いあたらなかった。今はまだ。

「今日は鶏肉《とりにく》が安く手に入ったから油淋鶏《ユーリンチー》にするね」

着替えをするために自室に篭《こ》もった俺に綾瀬《あやせ》さんが声を掛けてきた。

中華料理店でしか聞いたことのない料理の名をさらりと出してきたので、制服から着替えつつバイトの用意をしていた俺は、思わず自分の部屋から顔を突き出して聞いてしまった。

「あれって家で作れるんだ」

綾瀬さんが苦笑のような笑みを浮かべる。

「作れるし、そんなに手間じゃないからね」

「そうなの？」

俺と親父《おやじ》はデリバリーどころかコンビニ弁当でも喜んで食べる人種だから、そういうのはさっぱりわからなかった。おかげで俺の料理のレパートリーは義務教育時代の家庭科から進化していない。

「まあ、私のはなんちゃって油淋鶏だし。だから心配しないでもいいよ。無理はしてないから」

過剰な負担になっていないか。それを案じたことを、どうやら悟られてしまったみたいだ。

「ならいいけど」

綾瀬さんは行き詰まると、時々いけない方向に思考が暴走するみたいだし。

わずか一ヶ月の共同生活でも、それなりに人となりはわかるもので、俺は綾瀬さんが引き起こした、ほぼ一ヶ月前の、身内相手の高額バイト事件（雇用主は俺）の夜を思い出していた。

あれはちょっとばかりやばかった。

「急がないと遅れるんじゃないの？」

「あ、ああ。じゃ、行ってくる。そうだ――」

俺はドアを開ける前に振り返って言う。

「それ、こんど作り方を教えてほしい。作ってみたいからさ」

「……無理はしなくていいよ？」

今度は苦笑を浮かべるのは俺のほうだった。

見抜かれてるな、これは。

現代は契約社会。けれど俺は、綾瀬《あやせ》さんが食事の用意をすることと引き換えに約束した高額バイト紹介をいまだに果たせずにいる。ギブ&テイクでギブは多めに。綾瀬さんを見習って俺としても成果をあげないといけないわけで。

さてどうしたものか。そんなことを考えつつ、まだ日差しの残る夏の渋谷《しぶや》の街を急ぐ。

思い出したように蝉《せみ》が鳴きだして、訪れる季節を感じさせてくる。

ビルの谷間から朱に染まる入道雲が見えていた。

# ●7月16日（木曜日）

湿気と熱気のせいで寝起きの体が目に見えない重い膜で覆われたような錯覚に襲われる夏の朝。点《つ》けたばかりのクーラーのケチな涼風ごときでは取れない気だるさを、慣性と惰性に任せながら、機械人形になったような精神で木目も美しい白いダイニングテーブルを拭いていた。

今朝も、家に両親の姿はない。

キッチンからふたり分の皿を持ってきた綾瀬さんが、俺が拭き終えたばかりのテーブルにそれを並べる。

いつもの白いご飯ではなくて、皿の上にはふやけたトーストが載っていた。

「……パンのおひたし？」

「フレンチトースト」

淡白にそれの名称を告げる綾瀬さんだが、俺はよくわからないまま、なるほど、とつぶやくしかなかった。

もちろんフレンチトーストという名前は知っていた。食べたことはなくても小説を読んでいればたまに登場するからだ。しかし小説読みにありがちな悲劇で、単語を知っていても、実物を知らず実社会で即座に反応できないことがままあった。

「名前からしてフランス料理なのかな」

「語源はアメリカだって」

「よく知ってるね、綾瀬《あやせ》さん」

「ファミレスのメニューに、そんなことが書いてあった気がする」

季節限定メニューとかにたまに蘊蓄《うんちく》が添えてあるあれか。

いやこの際、語源はどうでもよかった。

「これって、どうやって食べるの」

「置いてあるでしょ？」

「ナイフとフォークで？」

「そう。別にそのまま手づかみで食べてもお箸で食べてもいいけど。家なんだし」

綾瀬さんはそう軽く言ったけれど、さすがにまだ恥ずかしい部分を晒《さら》け出せるほどに、彼女を完全な家族として扱えなかった。他人、それも、同級生の女子。しかも美人。みっともない姿を見せるのは少々ハードルが高い。

「パンをステーキみたいに切り分けるのは、ちょっと違和感あるね」

「そう？　ケーキみたいに切り分けるって考えたら、違和感消えると思うけど」

「たしかに」

物事をどの角度から見るかでずいぶんと変わるもんだ。

そんな役にも立たない哲学ごとパンを切って、食事の時間に集中する。たまごと砂糖のからまった甘みを舌で味わいながら味の感想をどう伝えるべきか考えて、綾瀬さんのほうをちらりと見た。

おや？と思った。

対面に座る綾瀬さんは一見するといつもと同じ無表情だ。しかしフォークとナイフを操る手つきに洗練された上品さがなく、集中を削《そ》がれることでもあるのか、どこかそわそわしているように見えた。

「どうかしたの？」

「えっ」

「なんとなく、ね。気になることがあるように見えたから」

「……鋭いなぁ」

ばれちゃったか、と苦笑して、綾瀬さんは壁に貼ってあるカレンダーに目をやった。

猫がたわむれる写真が強引に癒やしを与えてきそうなそれは、引っ越してきたときに、亜季子《あきこ》さんが持ってきたものだ。勤め先のバーに訪れた保険の営業にもらったものらしい。

いまどきスマホのカレンダーアプリで事足りるからと、俺も親父《おやじ》も家にカレンダーを飾ることはなかったのだが、壁が寂しいからという亜季子さんのひと声で先月から食卓脇の壁を彩っていた。

女性の家族が増えた事実を実感させるそれを見ながら、綾瀬《あやせ》さんは口をひらく。

「たぶん、今日なんだよね」

「何が？」

「期末テストの結果が揃《そろ》う日。うちのクラスは、たぶん今日」

「ああ、そっちはまだだったんだね」

「うん。と言っても、あと一教科なんだけど」

一介の生徒に義理の家族ができようが新生活でごたごたしていようがお構いなく、都立水星《すいせい》高校では例年通り七月の頭ごろに期末テストが行われた。

俺と綾瀬さんはお互い申し合わせることも協力することもなく、自分だけの勉強を自分だけでこなしてテストに臨んだ。

不必要に干渉せず適切な距離感を。そう約束して兄妹《きょうだい》になった俺たちは当然、お互いのテスト結果など知らないし、わざわざ知ろうともしてこなかった。

今日、このときまでは。

「ねえ浅村《あさむら》くん。ちょっと下品なこと訊《き》いてもいい？」

「べつにいいよ。耳を塞ぎたくなるような本当に下品な話題なんて、綾瀬さんなら、前置きをしたとしても絶対に言わないだろうし」

口に出せる時点で常識の範囲内。そう確信できるくらいには、俺はもう綾瀬さんの良識を信用していた。

「テストの結果、どう？」

予想以上に普通の話題だった。

それでも人によってはデリケートな話題だからと断りを入れるあたり、綾瀬さんは本当に律儀な人だなと俺は思う。

「えーっと、日本史81点、数学Ⅱ92点、数学Bが88で、物理70、化学85、英語表現90点、コミュニケーション英語が79点。現代文96点で、古典が77……合計758点、かな」

「すごい。浅村くん、成績いいんだね」

「そう言われたら素直にうれしいけど、個人的にはまだ課題が多いかな。物理とか古典とか、弱い部分をもうすこし伸ばさなくちゃ」

「現代文96点の時点で飛び抜けてると思うけど。いいなぁ」

「綾瀬さんは？」

「日本史は100点、数学Ⅱは80点、数学Bが86で、物理89点、化学81点、英語表現84点で、コミュニケーション英語が80点。古典が90点」

「ぜんぶ80点越えって。俺より全然成績いいような」

「ここまでは、ね」

「ここまでも何もあと一教科でしょ。現代文が駄目だったとしても、合計点で綾瀬さんのほうが上だと思うけど」

「どうだろうね。現代文、ほんとに自信ないから」

何事もドライに言い切る彼女にしては珍しく曖昧な不安を表現し、綾瀬《あやせ》さんは軽くため息をついた。

「夏休みにはバイトを始めたいんだけどなー。現代文の点数次第で、勉強時間を削れなくなるかも」

「ごめん、俺が高額バイト、見つけられなかったから」

「そこ、浅村《あさむら》くんが謝るところじゃないでしょ」

「いや、交換条件だったし」

両親共働きの我が家では日々の朝食や夕食を子どもたち——俺と綾瀬さんだけで作って、食べている。

義母《ぎぼ》の亜季子《あきこ》さんに時間と余裕がある日はたまに作ってくれたりもするが、基本的には俺たちが俺たちの手でやることになっていた。

将来、女だからと侮られたり弱く見られることなくひとりで強く生きていくために綾瀬さんは、一流大学に進学するべく日々熱心に勉強している。

一方で、学費を家庭に負担させないため高額バイトも探しているらしく、俺は朝夕の飯を作ってもらうことを交換条件に情報集めを依頼されていた。

だが情けない話で、一ヶ月間、俺は何の成果も持ち帰ることができなかった。

俺に後ろめたい気持ちを引きずってほしくないという気遣いなのだろうか、綾瀬さんは責める言葉を一切使わず、ただ苦笑だけをしてみせた。

「私も虫のいい考えだったたって、反省してる。まずはコツコツ普通のバイトをしてみる」

「なら食事の支度は、俺もやるよ」

「え？　うーん」

交換条件だったのだから当然だ。そう思っての言葉だったのだが、何かしっくりきていない様子で綾瀬さんはうなっていた。

「それはべつにいいや」

「え、でも」

「料理作るの楽しいし、息抜きにもなってるんだよね」

「そう言ってくれると助かるけど。でも、それだと俺が一方的に得することになるなぁ」

返報性の原理という言葉がある。

人は何かをもらったら、必ず返さなければならないという感情を抱く。受け取ったら相手に返し、返されたらまた相手に返す。それを繰り返していくことで、人と人は常に円滑な関係を構築できるといわれている。

俺は他人に無償の愛を注がれるほど魅力的な人間だと自己評価できないし、相手が何のメリットもないのに親切にしてきたら詐欺を疑う。詐欺じゃなく心の底からの奉仕だったとしても、その親切心にとてつもない気持ち悪さを感じてしまう。

俺と同じタイプであるはずの綾瀬《あやせ》さんも、そんな俺の気持ちを汲《く》んでくれたのか、そうだよね、ギブ&テイクにならないもんね、と真剣に考え込んでくれた。

「じゃあ、提案」

すこしして綾瀬さんはおどけたように片手をあげてみせた。

「一ヶ月探しても見つからなかった以上、高額バイトを探すのはたぶん無理。これは、私と浅村《あさむら》くんで、認識合ってるよね？」

「うん。不甲斐《ふがい》ないけど、非合法な手段に頼らない限りは、そうだね」

「大学進学に充分なお金を貯《た》めるにはどんなに遅くても夏休みにはバイトを始める必要がある。そしたら、たぶん睡眠時間を削ったりして、どうにか勉強時間を作る必要が出てくると思う」

「睡眠不足は学習効率を落とすんじゃないかな」

「そう。だから、ここからが提案。浅村くんはさ、私の学習効率を高めるようなアイデアを集めてよ」

「学習効率を高める、か。良い参考書を探したり、集中できる環境を用意したり？」

「方法は任せるから。ね、お願いできる？」

世界広しといえども、ここまで私利私欲からかけ離れた「妹のおねだり」があるだろうか。

ワガママ妹に振り回されるタイプの一般的な兄とはだいぶ意味合いが違ってくるが、兄として首を縦に振らざるを得ないという点では同じだった。

「わかった。このフレンチトーストに見合うだけの方法を探すのは、骨が折れそうだけど、できる限り探してみるよ」

「ありがとう。楽しみにしてる」

楽しみ、という言葉にまるで信憑性《しんぴょうせい》のないドライな口調とクールな表情でそう言う綾瀬さん。成果があろうとなかろうときっと俺を責めたりはしないだろうその顔を、良い意味で変化させてやりたい気持ちにさせられた。

学習効率を高めるアイデア。さて、どんな方法があるかなと考えながら、俺は前報酬のフレンチトーストの甘みを舌で存分に楽しんだ。

そんな朝の時間を過ごした俺たちは兄妹《きょうだい》仲良く学校へ、なんてラノベや漫画でお馴染《なじ》みのイベントとは無縁にそれぞれひとりで登校した。そのことに疑問や悲しさなど感じる余地もないほどに、義妹《ぎまい》との関係はただただ現実だった。

俺も綾瀬さんも、義兄妹になった事実を明かしておらず、学校ではただの他人の距離感を保っていた。

例外は綾瀬《あやせ》さんの親友である奈良坂真綾《ならさかまあや》さんのみで、俺は、友達の丸友和《まるともかず》にさえ事実を伏せていた。丸を信用していないわけではないのだが、彼が所属する野球部の中で、綾瀬さんにまつわる悪い噂《うわさ》が流れているらしく、余計な心配をかけたり、波風を立てる可能性がある情報をわざわざ伝えるのも馬鹿らしかった。

「おう、浅村《あさむら》。学校でエロサイトを調べるのもほどほどにな」

その丸友和が、からかうように声をかけてきた。

ホームルーム前の弛緩《しかん》した空気の教室。授業の準備も終えて、ひとりでスマホをいじっているときのことだった。

「丸、知ってる？　他人への悪口は自分を映す鏡なんだよ」

「なんだそりゃ」

「他人がこんな悪いことをしてるに違いない……そう考えてしまうのは、自分の中にその発想があるときだけなんだ」

「面白い説だな」

「つまり普段からエロサイトを観《み》てるのは丸ってこと。証明されちゃったね」

「おま、ひどい決めつけだな、おい」

「観てないの？」

「……観てるが」

証明完了してしまった。

べつに正直に認める必要なんてこれっぽっちもないのにしらを切らないのだから、丸は本当にイイ奴《やつ》だと思う。

「学校でそういうの見るほど肝は据わってないよ。ちょっと調べものしてたんだ」

「おっ、アニメの感想漁《あさ》りか。昨夜は豊作だったもんな。『プロジェクトＤＪマイク』も神回だったし」

「ああ、そういえば丸、あれにハマってたよね」

「選曲のセンスがいいんだよなぁ。90年代のゲームＢＧＭとか知る人ぞ知る名曲を揃《そろ》えてるんだよ」

「90年代……かなり昔だね」

「昔だが、古いと侮ることなかれ、だぞ？　当時は使える音色が限られていたなりに工夫を重ねて魅力的な作曲を実現していた。更に、アーティストの内なる芸術性よりもゲームの演出に最適な音楽を優先するってのがまた革命的でな」

丸の声が尻上がりに熱を帯びていく。オタク特有の早口になる親友に生暖かい眼差《まなざ》しを向けながら、そこまで熱量がないなりに嫌な空気にならない程度の興味関心をこめて俺は相槌《あいづち》を打った。

「なるほどね。丸《まる》のオタク心をくすぐる楽曲が扱われてる、と」

「そうそう、そうなんだよ。FM音源の味を殺さず、見事に現代風にアレンジしてな。しかもゲームBGMってのは日本語歌詞がついてるわけでもないから言語の壁に縛られない。海を越えて、世界中に親しまれるんだぜ。『Dマイ』の仕掛け人はよっぽどのやり手だろうと、俺は踏んでる」

「意外だなぁ」

「何がだ？」

「音楽の話を、丸がそこまで熱く語るってことが。いろんなことに詳しいと思ってたけど、カバーしてるジャンル、広すぎない？」

「そう感じるのは俺が詳しいジャンルの話しかしないからだよ」

「あー、たしかに」

「会話の主導権は握るようにしてるんでな。俺の会話空間の中じゃあ、俺は全知全能の神ってわけだ」

「詐欺の手管かな？」

「本質は同じだろうな。犯罪かどうかを分けるのは、その手管をどう使うかってこと」

「丸はどう使ってるのさ」

「俺自身が会話を一番楽しむために使ってる」

「そりゃ平和的だ」

ニヤリと笑って刹那主義的な台詞《せりふ》を堂々と吐く丸に、俺は皮肉っぽく応対した。

謙遜気味に言うその理屈さえ頭が良さそうな件について厳しく追及してやろうかと思ったが、それはあまりにも性格が悪いツッコミなのでやめておいた。

「でもまあ全知全能とは言わないまでも、丸が賢いのは事実だよね。どうせ期末テストもしれっと好成績だろうし」

「バレたか。いままで黙ってたが、俺、実は天才なんだ」

「知ってるよ」

おどけた調子の丸に、さてどんなもんだったのかと点数を訊《き》いてみたらあまりにも常人離れした数字が返ってきた。

現代文90点、古典92点、日本史94点、数学Ⅱ96点、数学B92点、物理90点、化学82点、英語表現90点、コミュニケーション英語94点——合計820点。

その飛び抜けた秀才ぶりに、おおぅ、と俺は引き気味に感嘆の声を漏らした。

「いくらなんでも凄《すご》すぎない？　平均90点以上って」

「要領がいいだけだよ」

「それだけとは思えないけど。ただでさえうちって進学校だからテストは難しいほうだし。野球部でしっかり活動しながら趣味のアニメも嗜《たしな》んで、それでいて勉強もトップクラス。

チートを使ってるとしか思えないよ」

「使ってねーよ」

実際、後ろ暗いことなど皆無なんだろう、ツッコミには一切の淀《よど》みがなかった。

俺としてはチートと言わないまでも秘訣《ひけつ》ぐらいはあってほしかった。

学習効率を高める方法、その秘伝を丸《まる》から教わることができたら、綾瀬《あやせ》さんへの手土産になったのに。……まあ世の中そんなにうまくいかないもんだよな。

そう思っている内心が透けて見えたんだろうか、丸は眼鏡の奥の鋭い瞳でしばらく俺の顔をまじまじと見つめていた。

真理を求めし人の問いに渋々答える賢者のように、丸は深く長いため息を漏らす。

「だが、要因はある」

「えっ」

「まず大前提として俺はショートスリーパーでな」

「短い睡眠時間でも健康を損なわずに済む体質、だっけ。丸って、そうだったんだ」

「ああ。ただまあ、これは生まれ持っての体質だからな。遺伝子で決まるって説が濃厚な以上、他人にはオススメできん」

「真似《まね》できるものじゃなさそうだね。……というか、オススメって」

「知りたいんだろ？　俺の学習効率のコツ」

「お見通しすぎて怖いんだけど」

「はっはっは。透け透けだぜ」

平気な顔で人の心を読んでくるエスパーっぷりはいかがなものかと思う。

これだから野球部の捕手って生き物は困る。……偏見だけど。

「まあ、隠しても無意味そうだから白状しようかな。たしかに探してるところなんだよね、効率的な学習方法。でも、万人に通じない内容なら参考にならないなぁ」

「急《せ》くな、急くな、浅村《あさむら》少年。本題はここからだ」

もったいぶった態度でそう言うと、丸は自分のスマホを取り出して、音楽アプリを立ち上げた。

「音楽？」

「そう。俺の集中の秘訣。さっきの話題からの華麗なる伏線回収ってやつだ」

「こじつけっぽいなぁ」

「でも実際、効果あるんだぜ？　人間ってやつは習慣に沿って自動的に動く。その音楽を聴いたら勉強しろと脳味噌《のうみそ》に刷り込んでやりゃあペンを持つ手が止まらなくなる。サボるほうがめんどくさく感じるようになるのさ」

「なるほどね。一種の自己暗示、ライフハックか。やっぱりヒーリング系の音楽とか環境音みたいなのが良いのかな」

「その辺は人による。俺はクラブミュージックやヘビーメタルがイイ感じにキマって集中できるんだが」

「さすがに万人向けの方法じゃなさそうだね……」

「どんな曲を作業用BGMにしたら集中できるかは人それぞれ。浅村《あさむら》も、自分に合うやつをいろいろ探してみるといい」

「え？　……ああうん、そうだね。適当に聴き漁《あさ》ってみるよ」

一瞬ひっかかりながらも、かろうじて自然体に応じてみせた。

妙な鋭さを発揮する野球部の正捕手も、まさか俺が自分自身じゃなくて綾瀬《あやせ》さんの勉強効率を上げるための手段を探しているなんて、想像もできないだろうなぁ。

ただ、作業用BGMを使う、というだけなら綾瀬さん本人も簡単に思いつく手段だろうし、わざわざ俺に教えられるまでもない気がする。

あくまでこれは取っ掛かりだ。

綾瀬さんのためにももう一歩踏み込んだ情報を集めていこうとひそかに心に決めて、俺は『プロジェクトDJマイク』の話を嬉々《きき》として語る友達の顔の向こう側をぼんやり眺めながら適当な相槌《あいづち》を打つのだった。

そういえば、綾瀬さんの現代文の点数はどうだったんだろう？

放課後、帰宅して家のドアノブに手をかけた途端、そんな疑問が頭の真ん中に突然浮かんできた。

が、すぐにその野次馬《やじうま》根性に等しい疑問を消し去ろうと首を振る。

結果が気にならないと言ったら嘘《うそ》になるが、知りたいという一方的な事情を押しつけるのはマナー違反に思えた。

教えて問題ない。教えたい。そう判断したら綾瀬さんのほうから勝手に言ってくるはずだ。

「ただいま」

ドアを開け、一ヶ月前から毎日玄関で見るようになった女子の靴を一瞥《いちべつ》して、家の中に同居人がいると確信した俺は、声をかけながら玄関から上がる。

今日はバイトもなく寄り道せずに帰ってきたのでかなり早い帰宅だと思っていたのだが、綾瀬さんはそれよりも早かったらしい。

よほど迅速に帰りのHRが終わったのか、あるいは足が速すぎたのか。せかせかと早足で歩く綾瀬さんの姿が容易に想像できて、微笑《ほほえ》ましさに胸の内でこっそり笑った。

自室に引っ込んで、さてバイトのない自由な時間、作業用BGMについての調べものをしないとなと考えていると、背後でガチャリと音がした。

振り返ると、義理の妹が早足で近づいてくるところだった。

「浅村《あさむら》くん」

「あっ、ただいま……って、綾瀬《あやせ》さん？」

ぶつかるほどの距離になっても足を緩める気配がない綾瀬さんに、俺は困惑の声を漏らしてしまう。

美人の無表情な顔が目と鼻の先。芸術の粋を凝らした仮面に見つめられているようで、どことなく落ち着かない気分にさせられた。

「私に、現代文を教えて」

「うそ」

通常通りの冷静な表情と声で異常な頼み事を聞かされて、俺はとっさにそうつぶやいていた。

彼女の嘘《うそ》を疑っての台詞《せりふ》ではない。彼女の言葉が意味するところを秒で察して、その裏にある予想外な事実を予想して、先回りで驚愕《きょうがく》の感情が口から漏れてしまったのだ。

その予想を前提に俺は訊《き》いた。遠回しな言い方は逆に失礼と判断し、あえて率直に。

「何点だったの？」

「38点」

「それはまた、強烈だね……」

「なんとなく、こうなる気はしてた。もともと苦手だったから、きっと今回も駄目なんだ

ろうなって」

「他の教科はあんなに高得点なのに……。もちろん人には得意不得意があるものだけど」

「物語の登場人物の気持ちとか、全然わからなくて」

すこしだけ目を逸《そ》らして、彼女はぽつりとそう言った。

その言葉を聞いて、俺は目をしばたたいた。

「現代文は文意を汲《く》み取る問題が主だから、理解までしなくていい気がするけどね」

「小説の場合、文意イコール登場人物の心情でしょ。……まあ、考える必要のないところに気を取られている自覚はあるけど」

「だとしても、綾瀬《あやせ》さんがそこに苦戦するのはあんまりピンとこないな。他人に気遣えるタイプなのに」

「そう見える?」

「うん。少なくとも俺に対しては、こっちのスタンスを把握してすり合わせようとしてくれてる」

「逆だよ、浅村《あさむら》くん」

「逆?」

「他人の気持ちがわからないから、すり合わせが必要なの」

「……それは、たしかに」

いきなり機嫌を損ねておいて、自分の気持ちを察してくれ、なんていう人間が俺は苦手だ。

そうして振り回されてきた親父《おやじ》の姿をとても近くで見ていたからだ。

手探りに心の中を予想し合って、不確実なコミュニケーションを続けるなんて、10％の確率で破滅するダイスを会話のたびに振らされるようなものだ。

あまりにも運ゲーすぎる。

だから俺は「お互いに何も期待せず、すり合わせながら生活していこう」と彼女に提案されたとき、ホッとした。

自分の本音と相手の本音、互いの手札を晒《さら》け出して、適切なカードを提示し合えば、互いに傷つくことなく永遠にカードゲームを続けられるのだから。

でもそれは、たしかに相手を慮《おもんぱか》った優しさではあるけれど、裏を返せば些細《ささい》な言葉から人の内心を読み解く努力の放棄ともいえる。

「ただ正直、今回の結果はヤバいかも。ある程度ダメなのは覚悟してたんだけど、これはさすがにきついなぁって」

「38……うちの学校の基準だと、現代文で40点以下は赤点ラインだったたっけ」

「そう。夏休み直前、21日に再テストだってさ。ここで80点以上取って合格できないと、夏休みにも補講を受けないといけないんだって」

「入試勉強でもない内容で補講か。避けたい展開だね」

「うん。だからせめて再テストは確実にクリアしておきたくて。浅村《あさむら》くん、現代文が一番得意だったよね」

「読書趣味のおかげでね。……なるほど、それで俺に現代文を教えてほしい、と」

「だめかな？」

「全然。いまはこっちが借りてる分が多いし、返せるときに返したいと思ってた」

「よかった」

綾瀬《あやせ》さんはホッとしたように微笑《ほほえ》んだ。

すこし肩の力が抜けた様子で、それじゃあリビングで待ってると言い残し、彼女は部屋を出て行った。

それにしても、こんなときにも綾瀬さんは綾瀬さんらしいな、と思う。

赤点を取ってしまえば狼狽《うろた》えたり、不貞寝《ふてね》をしても誰も文句は言わないだろうに、彼女はどこまでも前向きに事態の改善策を考え、実行しようとする。

……ただ、だからこその違和感もあった。

どうして理知的に反省し、改善し続けることのできる彼女が、いまのいままで現代文を苦手なまま放置してきたのか？

疑問は残るが脳内だけでどこまで考えたところで邪推の域を出ないと考え、俺は学校の荷物を勉強机の上に放るように置くと、筆記用具とスマホだけを手に部屋を出た。

リビングに入ると、食卓に教科書とノート、返却されたばかりの答案用紙を拡《ひろ》げ、左手にペンを持ち、真剣な眼差《まなざ》しで向き合う綾瀬さんの姿が目に入る。ちなみに以前本人から聞いたのだが、綾瀬さんはもともと左利きだったらしい。親の教育の結果、食事の席では右手で箸を持つようになったものの、ペンは慣れている左手で扱うことが多いのだという。

漫画なら寝室に呼ばれて色気たっぷりな展開になりそうだが、あいにくとこれは現実。真面目に目の前の課題に向かうだけの、きわめて日常的なシチュエーションがあるだけだった。

すこし考えて、俺は綾瀬さんの正面、食卓を挟んで反対側に座る。

「隣に来ないんだ？」

「その距離は何となく違和感あるから」

「お義父《とう》さんとお母さんが家にいるときはいつも隣に座るじゃん」

「二人がいるのといないのとじゃ条件が大きく違うと思うんだけど」

「そう？」

そうだ、と一瞬前まで確信を持っていたのだが、綾瀬さんのドライな表情を見ていると、同級生の女子を相手にみだりに近づくまいとするこの気遣いさえ逆に失礼なのではないかと思えてきてしまう。

異性として一切意識せずフラットな態度を徹底できたら一番なのだが、そう割り切るには彼女はすこしばかり魅力を備えすぎている。

　当然、それは俺の趣味がどうとかじゃなくて、客観的な事実だ。学校では悪い噂《うわさ》が流れたり、怖がられたりしているにもかかわらず告白する男子が大勢いるのだから、その魅力は統計的に証明されてると言っても過言じゃないだろう。

　……先月の事件もまだ記憶に残っている。

　自らお金を稼ぐ術《すべ》を考え、論理的に考えた末に彼女が至った異常な結論。下着姿で迫る彼女の姿は、いまもまだ時折フラッシュバックしてしまう。

　普段の生活の中ではさすがに意識しない（四六時中あんな光景を思い浮かべていたら、性欲旺盛な猿そのものだ）が、こうしてふたりきりになったり、物理的な距離が近づくと否応《いやおう》なく記憶が呼び起こされるのは仕方のないことだろう。

「ねえ、絶対に忘れるって約束したのに、どうしていつまでも憶《おぼ》えてるの？」

「えっ。そんな約束したっけ？」

　心を読まれたような問いに、俺は困惑しながら返した。

　約束はしてないはずだ。

　忘れようと誓ったのは自分の胸にだけで、綾瀬《あやせ》さんとは例の件について何も話してない。

不思議に思って綾瀬さんの顔を見てみると、彼女は俺の倍くらい虚を突かれたように、きょとんとしていた。

「してるよ。まあ、最初のほうにちょろっとあるだけだから、記憶に残りにくいかも」

「ごめん、綾瀬さん。何を言われてるのか全然わからない」

「しっかりしてよ。現代文、得意なんでしょ？　浅村《あさむら》先生」

彼女の言葉と、彼女の指が問題用紙の一部をさしてることに気づいて、俺はやっと理解できた。

「……なるほど。いつの間にか話が変わってたのか」

「変わってないよ。ずっとこの問題やってた」

「ごめん、俺がいろいろ勘違いしてたみたい。勉強、始めようか」

どうやらすでに勉強は始まっていたらしい。

頭の中の不埒《ふらち》な映像を咎《とが》めたのではなく、彼女は現代文の解せない箇所を俺に訊《き》いたに過ぎなかった。

「ありがとう。で、さっきの質問……」

「あ、待って。勉強のやり方から提案させてほしいんだけど、いいかな？」

「もちろん。成績が上がるならなんでも歓迎」

「まずは現代文の何が苦手なのかを突き止めたいんだ。答案用紙と問題用紙、貸して」

「うん。はいこれ」

言われた通りにすっと差し出す綾瀬《あやせ》さん。金髪ピアスで不良めいた容貌とは裏腹に素直な良い生徒だった。
38、と赤字で無慈悲に書かれた点数は、やはり彼女にふさわしくないような気がする。ただの理解不足、能力不足、努力不足のたぐいとは思えない。
何か点数を取れない根深い原因があるはずと信じて、俺はその答えを突き止めるべく、綾瀬さんのテスト結果を隅から隅まで観察した。

そして、見つけた。

「論文の読解や漢字はほぼ完璧にできてる。失点はほとんど小説の読解部分」

「……そうだね。そこが、私の苦手分野」

「たぶん赤点まで行ったのは初めてなんじゃないかな。今回は小説分野の点数配分がいままでのテストよりも高いから」

「正解。そこまでは自分でも分析できてるんだけどね」

解決策が見つからなくて、と彼女は肩を落とした。

「最初のほうの論文問題は正解率が高いのに小説問題をふたつ挟んだ後にある、もうひとつの論文問題は空欄が目立ってる。これ、小説で苦戦して時間が足りなくなったパターンで合ってる？」

「まるで見てきたみたいに言うね」

「見当はずれ？」

「大当たり。だからこそ痛いところを突かれた気がして、ちょっとだけ嫌な気分になった」

無表情の中にむすっとした気配が混じる。

「ごめん。さすがに無遠慮だった」

「許した。あと、本気で教えてくれるからこそ痛いところに踏み込んだのに、思わずムッとしちゃってごめん」

「うん。お互い様ってことで」

家族になったばかりの頃に交わした約束を俺と綾瀬さんは実行した。

溜《た》め込まず、変な探り合いをせず、エラーが生じたら即座にすり合わせをして、互いに着地する関係性。

感情の変化を表情の変化だけで済ませず、不愉快と感じたその感情をありのままに言葉にしてくれるのは正直やりやすかった。

「で、特に綾瀬さんが苦戦したのはこれ。夏目漱石《なつめそうせき》の『三四郎《さんしろう》』。一問も正解できてないし、あきらかにこの後から空欄が目立つようになってる」

「ほんとだ……」

「自覚なかった？」

「問題を解くのに精一杯だったから。他よりも更にやりにくい問題だとは思ってたけど」

「そこがクリティカルだとは気づけてなかった、ってところかな」

テストには解答のリズムというものがある。

人間が手作業で行っている以上、その結果は精神状態に大きく左右される。すらすらと解けている実感があれば脳は快感を覚え、ペンを握る手が勝手に動くほどの勢いで一気に進む。

逆に手詰まりになって何も動けずにいれば脳は停滞を実感し、停滞感がストレスを呼び、ストレスが知能の低下を招く。

ゆえにテストで最高の結果を残したいなら、己のメンタルを安定させ、リズムを崩さぬよう解いていくべし。……と、何かの本で読んだことがあった。影響されやすい俺はその本を読んで以降、愚直にそこで紹介されていたやり方を試し続けていた。

瞬時に即答できる問題、すこし考えたら解答できる問題、時間をかけて熟考しようやく解ける問題。数多《あまた》ある問題をそのように分類して、自分にとって心地好《ここちい》いリズムで解いていけば自然と答案用紙は埋まっていく。

「綾瀬《あやせ》さんみたいに論理的思考力が高い人って、問題を完全に理解しないと気持ち悪いんだと思う。すぐに理解できる問題ならサクッとインスタントに解いていけるけど、ドツボにハマると永遠に沼に足を取られる」

だとすれば、これまで苦手な現代文を改善できずにいた理由もなんとなく察せられる。

自分はあくまで正確な取り組み方をしているはずだと脳は判断しているため、改善しようにもその取っ掛かりがつかめずにいたのだ。

そこまで説明すると、綾瀬さんは、なるほどと軽くうなった。

「たしかに他の教科では、無意識にインスタントな解き方ができてた気がする」

「つまり現代文、それも小説分野だけ、そう対処できない理由がありそうだね」

「理由……」

「理由がわかれば対処法も導き出せる。まずはこの『三四郎《さんしろう》』を取っ掛かりに、綾瀬さんの何が、小説への理解を妨げてるのか考えてみよう」

出題範囲の文章にざっと目を通してみる。全文を問題にするのはさすがに厳しいからか、掲載されているのは『三四郎』の一部分だけだ。

明治から大正にかけての文豪と名高い夏目漱石《なつめそうせき》の著作の中でも特に純愛小説の毛色が強いこの作品は、現代の高校生が読んでも理解しやすいほうの作品だと思われる。

文学と聞き身構えてしまう人も多いかもしれないが、その日その瞬間の庶民にとっての現実を土台に、憧れやら共感やらを盛り込んだ、言うなれば当時のトレンディドラマみたいなものだ。

本質的には、現代の恋愛小説と大差ない。

違いがあるとすれば、時代の切り取り方が誠実であるがゆえに歴史資料としての価値が認められやすく、こうして教科書の題材となり脈々と語り継がれていることぐらいだろう。もっともその「ぐらい」ひとつの差で価値が大きく変わるのが文学の世界なのでもちろんリスペクトすべきなのは間違いない。

「正直、かなり難しかった。でもクラスの他の人の反応を見てると、みんな簡単に解けてたみたい」

「『三四郎《さんしろう》』は政略結婚があたりまえの恋愛観の社会では先進的な、自由恋愛との葛藤を描いた作品として有名だよね。当時としてはかなり新しい恋愛観だからこそ、現代の人が読んだら理解しやすい部分も多いと思う」

「そうなの？　……どのへんが理解しやすいんだろう」

無意識なのだろう、自分の指の腹を軽く甘噛《あまが》みして、綾瀬《あやせ》さんは首をかしげた。

「逆に綾瀬さんがどこが理解できないのか、言語化したほうが早いと思う。箇条書きで挙げてみて」

「主人公の三四郎の考えてること、主役っぽい美禰子《みねこ》が考えてること。あとふたりとも、思考もそうだけど、行動の意味が全然わからない」

「えーっと。三四郎が、美禰子に惚《ほ》れてるってことは、わかる？」

「そうなの？」

綾瀬さんは素朴に瞬《まばた》きした。

心底意外だったと驚いているようだが、その顔をしたいのは俺のほうだった。

おそらく特別に読書経験を積んだ人でなくても、ある程度の読解力があれば理解できるぐらいの心理描写だったはずだ。他のあらゆる教科で高得点を取れるような頭脳を持っている彼女が読み解けないのは不自然が過ぎる。

「そこでまず躓《つまず》いてるってなると、なかなか難しいね。うーん、どう説明しようかな」

「惚れてる……つまり、恋愛的な意味で好きってことだよね」

「そう。描写はちょっとお洒落《しゃれ》な感じになってたり、大げさな演出をしてるけど。特に、ヒロインに他の男が近づいたときの嫉妬心とか、すごくわかりやすくない？」

「嫉妬……。彼、美禰子が他の男と会話するの、嫌がってるの？」

「少なくとも俺はそう読み取れるよ」

「でも、本人にやめてほしいって言ってないよね。嫌なら主張すればいいのに」

「まあ、それができない不器用な性格だから。あと、好きな相手とのコミュニケーションは、心理的ハードルが高いんだと思う」

「本音を言葉にせずに秘めたりする人の気持ち、正直よくわからない。……私は、そんなふうにしないから」

「本音を言えない場面を想像したらどうかな。初恋の人に対しての気持ちとか。恋愛感情に心乱されて正しい選択肢を選べなかった経験、ない？」

「ない。恋愛経験とか皆無だし」

「そっか……」

「浅村《あさむら》くんはあるの？」

「……言われてみたら、ないかも」

正確には物心つくよりも前、保育園の先生にプロポーズをしたことならある、らしい。だがそれも親父《おやじ》からの伝聞だし、事実かどうか怪しいものだ。ノーカウント。

小学校に上がった後、ハッキリと記憶に残ってる範囲では、両親の不和をずっと見てきた記憶しかなくて、とてもじゃないが女子との幸せな恋愛関係やら結婚生活やらを夢想できるような純粋さは持てなかった。

「ふぅん、ないんだ」

「……駄目？」

「べつに。ただ、同じく恋愛未経験だとしたら、現代文の点数とは無関係って結論になりそうだなって」

「たしかに、どこで結果が分かれてるのかは興味深いね」

もしかしてオタク趣味、だろうか。

現実の女子と付き合う夢想をした経験はないが、小説や漫画やアニメといった作品の中に出てくるヒロインを魅力的だと感じるのは日常茶飯事だし、いわゆる恋愛の疑似体験はフィクションの中で経験している。

その学習の蓄積の有り無しで、恋愛感情の描写への理解力に差がついているというのは仮説として有力そうだ。

とはいえ、だとしたら再テストまでの習得はほぼ不可能という絶望的な結論にしかならず、そんな投げやりでは家庭教師失格と言わざるを得ないだろう。

ここはひとつ建設的な解決策を提示しなければ。

「なら、感情移入で解くのをやめよう。感情を読めないものは読めないと割り切るんだ」

「当てずっぽう作戦？」

「違う。書かれてる内容を情報として把握して、機械的に解答する。認識を切り替えればいいんだよ」

「認識を、切り替える」

「そう。人の心を読み解かなきゃいけないと考えるからドツボにハマる。数学と同じように、数式に当てはめるパズルの感覚で解くといい。綾瀬《あやせ》さん、歴史はかなり高得点だったし、得意だよね？」

「うん、まあ。暗記すればいいいし。単純に、歴史は興味深いことも多いから」

「実は現代文は、作品名と、それが書かれた時代背景を紐《ひも》づけて記憶しておけば、意外と何が書かれてるのか把握しやすいんだ。歴史が得意だったら、あとはその知識を紐《ひも》づけるって考え方さえ自分にインストールできたら、するすると理解できるようになるんじゃないかな」

言《い》うは易《やす》く行《おこな》うは難《かた》し、の典型だとは思う。

だが彼女の基礎スペックを考慮したら充分に可能なはずだった。

「たしかに、そのほうが得意かも」

「とりあえず『三四郎《さんしろう》』で練習してみよう。再テストでまた『三四郎』が題材になるかはわからないけど、出題される題材のパターンは数通りしかないから、やり方だけでも身に着けておけば、たぶん当日までに対応できる」

「……再テスト、いけるかな？」

淡白な口調で、素朴な疑問のように訊《き》いてくる綾瀬《あやせ》さん。

でも何となく彼女のことが理解できてきた俺だからこそ言えるが、質問してくる時点で、彼女の中ではかなり不安なんだと思う。

そりゃそうだ。ずっと苦手分野だって思ってきたことなんだから。

だけど同時にそんな反応こそが、きっとうまくいくんだろうなと確信させてくれる。

コツをつかんだらすぐにできるようになるなんて甘い考えを持てない人間である時点で綾瀬さんは、たとえ遠回りしてもいつか絶対に目的を達成できるタイプだ。

「いけるよ。綾瀬さんなら」

「ん。じゃあ浅村《あさむら》くんを信じて、頑張ってみる」

ほとんど無根拠。だけど疑うことなく嫌味《いやみ》もなく、本心からそう言って、彼女はスマホを手に『三四郎』の書かれた時代背景やら解説やらを調べ始めた。

方針が定まれば、あとは愚直に実行するのみ。

それからの彼女の集中っぷりは凄《すさ》まじく、『三四郎』の解説サイトを隅から隅まで見る間、機械のように瞬《まばた》きひとつせず……は言いすぎだが、そう錯覚するほどに微動だにしていなかった。

途中で俺が飲み物を取りに立ち上がったり、スマホで他の調べものをしていても、視線をちらりとも動かさず、ひたすらに己のすべきことに向き合っていた。

勉強を教えるイベントと言えば、要領の悪い妹ヒロインに手を焼いたり、沈黙に耐えられない妹にいたずらされてサービス展開になったりするのが王道だろうが、現実の義妹《ぎまい》は、ただただ熱心に勉強を進めるのみだった。

それでも、色気のある展開ではなくても、静寂の中でペンを走らせる音だけが時折響くこの時間は、俺にはとても心地《ここち》好いひとときに感じられた。

結論――。

この勉強法は、大いなる成果を発揮した。

ひととおり『三四郎《さんしろう》』のインプットの時間が終わったあと、俺は問題用紙を手に、一問ずつ実際のテストと同じ問題を出していったのだが、綾瀬《あやせ》さんは滞りなく解答していき、ひとつ残らず正解してみせた。

やはり地頭がいいのだろう。解き方さえ覚えたら、すぐこれだ。

「おめでとう。これで題材になり得る小説をぜんぶマスターしたら、現代文はもう怖くない」

「ありがとう。教え方、上手だった」

「……！　あ、いや、そんなこと、ないよ」

謙遜までに、一瞬、間が空いた。

素直に礼を言った彼女の口の端が、ほんのすこし上がっているように見えたからだ。

「もしかして、笑った？」

「どうだろう。よくわからない」

すっとぼけたように肩をすくめて、彼女は煙《けむ》に巻いた。

腹の底の読めないミステリアスなその所作は、皮肉にも綾瀬さんが理解不能と評した、『三四郎』のヒロインと限りなく近似していた。

# ●7月17日（金曜日）

朝。まだ寝ぼけた頭のままベッドから降りて、部屋を出る。洗面所へ向かう廊下の途中、なんとなく家族と鉢合わせないよう足音を消してしまう。

義理の妹ができる前と後で大きく変わったことのひとつが、これ。

朝の生活習慣だった。

親父《おやじ》とふたり暮らしのときは寝癖上等、しょぼくれた目、汗くさいパジャマ姿でも平気で家の中を歩き回っていた。

だけどいまは無理。

綾瀬さん。それに亜季子《あきこ》さん。ほとんど他人に近い女性ふたりに見られる可能性の高い状況で不潔感のあるだらしのない姿を晒《さら》せるほど俺は勇者じゃない。

無人を確認して洗面所に入り、鏡で自分の顔をチェック。渇いた喉をうがいで潤して、むくみのある頬《ほお》をこねるように洗顔すると、剃刀《かみそり》でほんのり生えた無精ひげを剃《そ》る。

完璧、かどうかはともかく、少なくとも人前に出て恥ずかしくない体裁を整えた俺は、胸を張ってリビングへ向かった。

「おはよう、綾瀬さん」

今朝もまた、彼女は完全武装だった。

髪は寝癖ひとつなくきっちり整えているし、化粧もバッチリむらなく隙もなく、服装もアイロンで綺麗《きれい》にしわを伸ばした学校指定の制服を着こなしている。

身だしなみに隙のある義妹《ぎまい》を、俺はまだ一度も見ていない。

昨日は夜遅くまで現代文の題材となり得る小説の情報を集めて暗記していただろうに、それでもいつもと同じ時間に同じようにそこにいるんだから彼女の自制心は驚異的だ。

おまけに食卓に拡《ひろ》げているのは教科書とスマホ。いままさに勉強の続きもしているようだった。

声をかけられた綾瀬《あやせ》さんは、顔を上げて、あたりまえのように立ち上がる。

「おはよう、浅村《あさむら》くん。さっと作れるものだと助かるんだけど、目玉焼《めだまや》きでいい？」

「あ、今日の朝はいいよ。適当にトーストでも焼いて食べるから」

「え、なんで？」

「再テスト。勉強に集中したいでしょ」

視界の端にダイニングキッチンの様子が目に入った。洗ったばかりと思われる皿が二枚。一枚はおそらく早朝に誰よりも早く家を出たであろう親父《おやじ》が何かを食べた痕跡。そして、もう一枚は綾瀬さんだろう。

俺の起床を待たず、手短に作れるものを作って食べ、勉強時間を確保していたに違いない。

「でも、約束だし」

「いまのところ、こっちの借りのほうが多いから。俺としても再テストに受かってもらうメリット大きいし、勉強に集中してくれたほうが助かるよ」

濁さず、直球で伝える。

実際、再テストに落ちたりしたら補講になって、綾瀬さんは自立のためのバイトをする時間も減るし、勉強の効率を上げるどころの騒ぎじゃなくなってしまう。当然、交換条件の料理もなくなって、俺の食生活も乱れに乱れることだろう。

一方的な負担の押しつけじゃないと納得できたのか、綾瀬さんも素直に引き下がった。

「ありがとう。そうさせてもらう」

「どういたしまして、とは言うけど貸してないからね」

「……ん。わかった」

ふっと微笑《ほほえ》んで、上げたばかりの腰を落として机に向かう。

集中モードに入った義妹の姿を見届けて満足した俺はダイニングキッチンへ。

さぁて、いっちょ久々に腕によりをかけるとするか。

食パンにスライスチーズを載せて焼くという高等テク、まさかふたたび披露する日が来るなんてな。ふふふ。

と、心の中で自分を盛り上げてやるだけで億劫《おっくう》な作業をちょっとだけ楽しくできるのだから、高校生男子って生き物は幸せな存在だ。……や、もしかして高校生女子も似たようなものか？　今度、綾瀬《あやせ》さんに訊《き》いてみようか。勉強の邪魔にならない日にでも。

トーストはきれいに焼けた。ブランクを感じさせない見事な黄金色で、チーズの焦げ方も芸術的だった。

想像以上に伸びて千切れぬチーズを噛《か》み切《き》ろうと俺が苦戦している途中も、正面に座る綾瀬さんはずっと勉強に集中していた。

すごい集中力だ。

いまでもこのレベルで集中できているなら、更に学習効率を上げる余地は残っているのだろうか。

作業用BGMと言っても、生半可なものじゃ駄目そうだ。

「んっ、んんぅ……」

トーストの十割が胃袋に消えた頃、食後の珈琲《コーヒー》で気分を整えていると、綾瀬さんが両手を頭上に伸ばして、なまめかしい声を上げた。

違う。なまめかしく感じたのは主観で、たぶん本人にそのつもりはない。ごめん、綾瀬さん。

ただ制服と言えど夏服は薄着で、両腕を伸ばせば半袖がめくれて、隙間から見える素肌の量が増えてしまうのは、どう理性でコントロールしようとも意識してしまう。

そんな目で見ていい相手じゃない。それは失礼だ。と、自分に言い聞かせて呼吸を整え、きわめて自然な日常会話を試みる。

「一段落？」

「うん。というか、そろそろ行こうかなって」

「早いね」

「今日は私が先攻のほうが効率的でしょ。食事も身支度もこっちが先に済ませてるし」

先攻、とは家を出る順番のこと。

同じ家から同じ通学路で一緒に登校、なんて目立つ真似《まね》は極力避けるのがリアルな義妹《ぎまい》である。

「それもそうだね。いってらっしゃい」

「いってきます」

「……あ。ちょっと待って！」

荷物をまとめてリビングを出ようとするその背中をあわてて止めた。

なに？　と、彼女は振り返る。

「登校中のながら勉強は……」

先月、綾瀬さんが英語のリスニングをしながら登校していたとき、大型車に轢《ひ》かれそうになった出来事を思い返してそう言った。

過ぎた出来事を蒸し返すのは悪趣味かもしれないと、語尾の煮え切らない口調になりつつも、素直な心配を口に出さずにいられなかった。

「しない」

振り返って、彼女は断言した。

そして顔をわずかに赤らめて、むすっとした様子で繰り返す。

「同じ失敗、しないし」

「ならいいんだ。ごめん、蒸し返して」

「べつに。それじゃ、行くから」

顔をそむけて、逃げるようにリビングを出て行った。

……失敗だったかな。

珈琲《コーヒー》の苦味を舌に感じながらひとりひそかにバッドコミュニケーションを反省する。

あの件は、綾瀬《あやせ》さんにとっては見られたくない努力の姿を見られた恥ずかしさとともに思い出される記憶だ。つつかれて機嫌を損ねるのも無理はない。

まだまだ粋な兄への道は遠し、か。

己の力不足に対する嘆きを苦味でごまかそうと珈琲をひとくち飲んで、ふと気づく。

「努力、見られたがってなかったんだよな。最初」

さっきまで義妹《ぎまい》は目の前で何をやってた？　昨日、俺の前でどんな姿を見せていた？

変化が微妙すぎて全然気づけなかったが、最初の頃に比べたら、ずいぶんと弱みを見せてくれるようになっていたんだ。

一歩ずつではあるけど、しっかり兄妹《きょうだい》に近づいていたのかもな。俺たち。

進学校でも夏休み前は気が緩む。

長期休暇を挟めばどうせ記憶は保《も》たないからと、教師は教科書のキリのいいところまで進めたら授業を止《や》めてしまう。自習や復習、ひどい場合は雑談の時間になって、真面目さを求められない空気が形成される。

だからこっそりと机の下でスマホをいじっていても、誰にも見咎《みとが》められなかった。

いまこの瞬間、校内で一番真剣に勉強してる可能性さえある綾瀬さんの役に立つ作業用BGMを求めて広大なネットの海をさまよった。

そうこうしているうちに昼休みになった。昼食用に買っておいたパンを手早く食べたあと、黙って席を立つと、椅子の動く音に気づいた丸《まる》がスマホを触る手を止めて顔を上げた。

「お？　どこ行くんだ、浅村《あさむら》」

「図書室」

適当に答えた。

図書室に行く気はなかったのだが、その辺をぶらついてくると本当のことを話したら、無意味に意味深になってしまいそうで、すこし脚色しておいた。

おう、そうか、とだけ答えて丸《まる》はスマホにふたたび目を落とす。俺と丸の休み時間にはありがちな光景だ。

丸とは友達と言っても、常時くっちゃべったり、ベタベタするような間柄じゃない。

こうして互いに互いのペースで、互いの時間を過ごすのが常である。

過剰な束縛や同調圧力を嫌う者同士、呼吸が合うからこそ友達を続けていられるんだろうなと思う。

教室を出て、俺は図書室に向かった。図書室が目的地ではないが、図書室へ向かう道を歩いた。

つまり、目的はないが歩きたかったのだ。

以前にバイト先の先輩——読売《よみうり》先輩にオススメされて読んだ本で、人は椅子に座り続けているよりも歩いているときのほうがアイデアが閃《ひらめ》きやすいと書いてあった。

読んで以来、わりと愚直に実行している。影響を受けやすいのだ。

スマホで科学的に効果がありそうな作業用BGMを探しつつ、他にも不意に良い発想に恵まれたりしないかな、と神託任せに歩き続ける。

廊下を歩き続け、本当に図書室の前まで来てしまったところでいきなり背中をたたかれた。

「おぅい。どうしたお兄ちゃん！」

「……！　っ、はぁっ」

　不意打ちの衝撃に驚き息が詰まる。バッと警戒しながら振り向くと、そこには見知った女子生徒の顔があった。

　ニコニコと好奇心たっぷりの陽気な笑顔。明るい髪に軽くウェーブをかけたお洒落《しゃれ》さん。学年の男子の間で密《ひそ》かな人気を誇るらしい、綾瀬《あやせ》さんのクラスメイト、奈良坂真綾《ならさかまあや》さんだ。

　唯一、俺と綾瀬さんの義兄妹《ぎきょうだい》関係を知ってる同級生。

　気づいたらタンスの隙間に潜り込んでいそうないたずら好きの猫を彷彿《ほうふつ》とさせる彼女は、図書室から出てきたばかりなのか数冊の本を手に、くりくりした目で俺の反応をうかがっていた。

「なんだ、奈良坂さんか。通り魔かと思った」

「ええっ、なにそれ！　学校の中にそんなんいるわけないじゃん」

「いやいやどこで遭遇するかわからないから通り魔なんだって。いくら顔見知りでも突然攻撃するのは良くない」

「えー、こんなん普通だと思うけどなー。スキンシップ」

「奈良坂さんていつもそうなの？」

「そだよ」

「綾瀬《あやせ》さんに対しても？　あんまり想像できないけど」

「沙季《さき》にも！　ウザい、って言いながら喜んでるよ」

しっかり嫌がられていた。

「ウザがられてるよね、それ」

「ウザいウザいも好きのうち、って言うしぃ」

「言わないよ。あとその考え方の行き着く先はセクハラだから気をつけたほうが」

「えっと、なんでわたし、男の子にセクハラのことでお説教されてるの？」

「女性から男性へのセクハラも成立するんで」

「むむっ。浅村《あさむら》くんが沙季みたいなこと言う」

言われてたなら直してほしい。

「てかそれ言ったらさ、歩きスマホしてたじゃーん。浅村くんも有罪！　有罪！」

「論点のすり替え……」

「もう、すぐインテリっぽいこと言わないで！」

ふくれっつらでいじける奈良坂《ならさか》さん。

不意打ちのスキンシップ、開き直った態度、重箱の隅をつつく指摘。どれを取っても嫌われそうな行動なのにそのすべてに何故《なぜ》か嫌味《いやみ》を感じさせないのは、小柄な外見の為《な》せる業なのか、しゃべり方ゆえなのか。わからないが、それはきっと彼女だけが持つカリスマみたいなものなんだろう。他の人が下手に彼女の真似《まね》をしたら大事故を起こして総スカンを食らいそうだ。

学年の男子から人気が高い理由もそこにありそうだった。

「本、読むんだ？」

あまり責め続けるのも憚《はばか》られて、俺は違う話題を振った。抱えている本の判型と背表紙の雰囲気からして、文庫の少女向け小説らしい。

「これね。楽しみにしてた新刊が入ったからまとめ借りしたんだ。夏休みも近いし！」

「借りる派かぁ」

書店バイトの身としては本は書店で買ってほしいが、まあそこは人それぞれだろう。お小遣い事情も家庭によって違うし、所有の欲求にも個人差があるだろうから、自分の価値観が絶対だとは思わない。

「テスト期間は我慢の日々だったからさー。もう一気に読んだろ！って感じだよ」

「あはは。その調子だと、再テストは」

「ないない。赤点取ったことないもん」

「へえ」

「総合８０８点マンだよ。どやぁ……」

「えっ」

声が出た。

奈良坂《ならさか》さんの得意げなドヤ顔が一瞬で不満色に塗り替えられた。

「あー！　いま驚いた！　わたしが平均90点近いの、意外だって思ったでしょ！」

「……すみません正直その通りです」

素直に白状した。

「ひっどいなぁ。これでも学年上位なんだぞー」

「人を印象だけで判断するのは良くなかった……反省する」

「それ印象はアホって言ってるのと変わんないよね!?　浅村《あさむら》くん、意外と天然S？」

「まったくそのつもりは……」

ない、と言っても説得力がなさそう。天然、って言葉を使われると、そこが痛い。

奈良坂さんは顔を近づけてきた。

「すこしでも申し訳ないと思ってるなら一個教えて」

「え？　っと……いいよ」

「その歩きスマホ。沙季《さき》とメッセでイチャイチャしてたんでしょ？」

「してないけど」

「えー、ほんとかなぁ。沙季も今日、ずーっとスマホいじってたから。てっきり浅村くんとイイ感じになったのかなーって睨《にら》んでたんだよね」

「ひどい誤解だ」

たぶんそれ、名作小説の解釈を調べてただけ。

だいたいどうして俺と綾瀬《あやせ》さんの本当の関係を知ってるのに、そんな発想が出てくるんだろう。兄妹《きょうだい》になったばかりの男女が恋仲に発展するわけがないっていうのに。

「調べものをしてただけだよ」

「証拠をどうぞ」

「調べものぉ？」

ほえー、と気の抜けた顔で首をかしげている奈良坂《ならさか》さんに、スマホの検索画面を見せる。

「作業用ＢＧＭ。なんでそんなの調べてんの？」

「えーっと。それはですね」

繕いたがる小賢《こざか》しい自分が無駄な敬語を使わせた。が、ごまかす必要もないかとすぐに思い直す。

「綾瀬さんに紹介したくて」

「沙季《さき》に？」

俺は素直に経緯を説明した。

何度か会話をして気づいたけど、奈良坂さんはだいぶ思い込みが激しいタイプだ。

下手に伏せたら本当の理由を知ったとき、どうして隠してたの、もしかして、と余計に妄想を加速させる危険がある。最初から退屈な真実を話しておけば、妙な好奇心アンテナに引っかからずに済む。

もちろん綾瀬さんの血のにじむ努力の片鱗《へんりん》はなるべく出さず、あくまでもスマートに、学習効率を上げる方法を模索してるというニュアンスで。

そこは他人に努力を知られたくない彼女の尊厳を重視してあげたいし。

「へえ、沙季のために音楽を。ふぅーん」

ニヤニヤしてる。

「含みを持たせず本音をそのまま伝えたほうが相手と良好なコミュニケーションができると思うよ」

「おっ、語るね～。浅村《あさむら》くん、コミュ力《りよく》自信アリ？」

「……すんません」

痛いところを突かれてしまった。完全に自分のミスなのでこういうときは変に足掻《あが》いて傷口を拡《ひろ》げるよりもさっさと謝ってしまうのが正解だ。

「イイお兄ちゃんじゃん。照れてないで胸を張ればいいのに」

「この程度の手助けでイイ兄ぶるのはさすがに……」

「うは、律儀ぃ～。わたしなんかご飯作ってあげるだけでイイ姉ぶるよ」

「弟、いるんだっけ」

以前、綾瀬《あやせ》さん経由でそんな話を聞いたような、聞かなかったような。

「いるいる。めっちゃいる」

「めっちゃいるんだ。大家族なんだね」

「100人くらい」

「えっ」

「うそうそ。常識的な数だよ」

結局、何人なんだろう。気になったが、特急列車ばりに口が回る奈良坂《ならさか》さんは乗り遅れた乗客を待ってはくれない。人数を言う前に次の話題に移っていた。

「でもホント律儀だよね。BGMとか検索して探してるとことか、めっちゃ律儀」

「そこは普通じゃない？　さすがに」

「んー？」

俺の言葉を心底理解できてないと言わんばかりに、彼女は首をかしげていた。

……なんてこった。どうやら本気っぽい。

「検索しないで、ふだんどうやって音楽探してるの？」

「うーん、あんま考えたことないや。自動的に流れてくるヤツからフィーリングで選んでるだけだからなー」

「アプリのレコメンド機能はたしかに便利だけど」

最近の音楽アプリやショートムービー投稿型のSNSはAIによるオススメ機能が搭載されている場合が多く、いままでに触れたコンテンツや検索ワードを参考に、ホーム画面に自動的に好みに近いコンテンツが表示される。

いかに俺があまり流行《はや》りに迎合しない陰キャ側の人間とはいえ、レコメンド機能ぐらいは当然使っている。

「でも、それだけじゃないよね？　自分で探したりも……」

「しないよ？」

「あっ、そう……。そうなんだ……」

ぜんぜん理解できない価値観をあっけらかんとしたノリで見せつけられて、俺はがくりと肩を落とす。他人は他人のやり方があるわけで、俺が勝手に残念がる資格はないのだが、それでもどことなく無常を感じてしまった。

「なんか残念そう」

「残念がる妥当性は皆無なんだけどね。あまりにも価値観が違うと、こう、ね」

「オススメされるやつだけでぜんぜん足りるけどなー。わたしはむしろ検索にこだわる理由を聞いてみたいよ」

「自動的にオススメされたものを聴いてるだけなのは、何か自分の意思がないみたいで嫌でさ」

「ほえー」

「……こじらせてるのは自覚してる」

だからそんな無垢《むく》な瞳で見ないでほしい。

いつもは影が落ちてるせいで直視せずに済んでいた自分のひねくれた思考が太陽じみた奈良坂《ならさか》さんによって白日の下に晒《さら》されそうな俺は、軽く目を覆って天を仰ぐ。

しかし彼女が次に見せた反応は、俺にとって意外なものだった。

「いいね、そういうの！　グッドだね！」

「からかってるよね」

「からかってないよ！　浅村《あさむら》くんのそういうところ、自分を持ってるって感じで素敵だと思うなぁ」

「……それはどうも」

ここまで褒め上手な人も珍しい。リアルな陽キャってこんな感じだよなと思わされる。

漫画やアニメやゲームといったフィクションに出てくるリア充やら陽キャは、悪《あ》しざまに描かれることが多い。

ヒロインをナンパする軽薄な男、美人に嫌味《いやみ》を言うリーダー格の女子、根暗な奴《やつ》を嘲笑したり攻撃したりっていう、ステレオタイプなキャラを大勢見てきた。

もちろん物語の場合はキャラの役割上しかたないことだというのも理解してるし、現実にもそういう奴はいるが、それでも奈良坂さんみたいな本物の陽キャを見ると、無自覚に他人に喜ばれる行為を選択できるイイ人も多いんだろうと思う。

可愛《かわい》くて、賢くて、他人も立てられる。

どこを取っても、無敵だ。

「わたしも検索で選んだ音楽、聴いてみたい！」

「おおっ」

同じ消費行動の同志が生まれたのか。なんて喜ばしいことだろう。

「浅村くんが検索で見つけたものからオススメの曲を今度教えて！　それ聴くから！」

「それ頼る相手がＡＩから浅村に変わっただけでは？」

「だって自分で探すのメンドイもん」

同志などどこにもいなかったようだ。なんて悲しいことだろう。

デジタルでオススメされるか、アナログでオススメされるかの違いだけ。結局は他人の感性に流されるだけだ。

でも、それに物寂しさを感じるのはあくまでも俺の、個人的な感想でしかない。

奈良坂さんのような考え方も、まあ、あるよなぁ。

放課後、俺はやや憂鬱な気分でバイト先へ向かった。

金曜日の遅番、18時前後に出勤しているスタッフは皆、地獄を味わうことになるからだ。更衣室で着替えを終えて事務所に入ると、社員や他のアルバイトスタッフたちは戦地へ赴く兵士のような面構えで集っていた。

その中でひとりだけ。

さすがは読売栞《よみうりしおり》先輩だけは、俺の入室に気づくと呑気《のんき》な雰囲気で軽く手を振ってきた。

さすがはマイペースモンスター。これから訪れる地獄にも動じる様子がない。

眠らない街、若者の街。

渋谷《しぶや》はそんなふうに呼ばれているため四六時中混雑しているイメージがあるし、実際、その想像から大きくくずれてはいないのだが、それでも人の往来には波がある。

若者が遊び歩く土日は言うまでもないとして、平日の中でも特に月曜日と金曜日が鬼門だ。

月曜日は現代でもなお売れ続けている業界最大手の週刊少年漫画誌の発売日だから、という書店ならではの要因で忙しいだけなのでそれは諦めるしかないとして。

金曜日は、この店独自の事情も大きい。

渋谷は若者の街という顔のほか、有名ＩＴ企業を擁する大型オフィスビルが多く建ち並ぶ、国内有数のオフィス街でもある。

１９９０年代後半頃には雑居ビルの賃貸料がまだ安かったこともあり若手起業家が集ま

り、米国のシリコンバレーになぞらえて渋い谷――ビットバレーと呼ばれていたこともあるそうだ。

その頃にできた企業が成功を収め、大きくなって現在に至る。……と、以前、読売先輩に勧められた本に書いてあった。

いずれにしても、ここは仕事帰りのサラリーマン客が多い店である。金曜日に客入りが激しくなるのは必定だった。

忙しくても愛想よく接客しましょう、混雑にまぎれた万引きに気をつけましょう、売場を綺麗《きれい》に保つメンテナンスも心掛けていきましょう。そんなお決まりの確認を経て俺たちの戦争が始まる。

「はあ……今日はレジ担当か……」

「憂鬱そうだね、後輩君」

レジへ出る直前、思わず漏れたため息を耳敏《みみざと》く察して読売先輩が肩をたたいてきた。

「そりゃもう。単純に人数が増えればめんどくさいお客さんも増えますし」

「こらこら。お客様になんてことを言うのかな、君は」

「ふだん読売先輩のほうが言ってません？　こういうこと」

「知りませんなー」

すっとぼけた顔をする読売先輩。口の前でそっと人差し指を立てて、しーっ、と内緒のサインを送ってくる。

一瞬だけ不思議そうな顔をして俺たちを追い抜いていく他のアルバイトスタッフさんを横目に、俺はなるほどと納得した。

今日はシフトがふたりじゃない。いつものノリは厳禁ってことなんだろう。

うーむ、ねこかぶり。

長い黒髪の大和撫子《やまとなでしこ》。文学少女という概念の擬人化。

十人に九人が清楚《せいそ》な和風美女であると評する読売《よみうり》先輩だが、それはとんでもない誤解で、中身はエグい下ネタを操る中年のおっさんとニアリーイコールだった。本が好きで読書を趣味で嗜《たしな》むあたりは正真正銘の文学少女なんだが、ステレオタイプを貫き通してくれないのが現実のシビアなところである。

「ホント、他の人には見せないいんですね。本性」

「大学でがっかりされ疲れちゃったからねぇ。後輩君だけが、わたしのすべてを知ってるんだよ？」

「変な表現やめてください」

「事実をありのままに言っただけなのにぃ」

この人はまたすぐからかう。

もっとも読売先輩にそういう態度を取らせている要因は俺にもあるから文句も言えない

のだけど。

自分で言うのもアレだが、女性に妙な期待をしていない年下の男子という属性である俺は、バイト仲間の中でも一番やりやすい相手なんだろう。

気楽に素の姿を見せたところで落胆も変な押し方もしてこず、気が向いたときに好きなようにイジっても本気で怒り出したりしない。

便利。きわめて都合よし。

それが読売先輩にとっての、俺というバイト仲間の立ち位置なのだ。

「というか、なんで平気な顔してるんですか？　金曜のピークタイム、いつも嫌がってるのに」

「ふっふっふ。実は本日、売場メンテ&場所空け担当だったりして」

「あ、ずるい」

どうりで余裕綽々《よゆうしやくしやく》なわけだ。

場所空けとは翌日に入荷する本や雑誌を置くスペースを売場の棚に確保する作業だ。

朝、開店直後から新発売の本をすぐに売場に展開するため、前日のうちに準備しておくのが書店のルーチンワークのひとつだった。これにより発売しているはずの本が見つからずに客が帰ってしまうという機会損失を防ぎ、しっかり売上を立てることができるのだが、ぶっちゃけ店側の都合はどうでもいい。

我々バイトにとって大事なのはただ一点。レジ対応しなくても許されて、わりとラク。

「ずるくないよう。入荷準備もれっきとした仕事のひとつだよ」

「まあ場所空けには場所空けの大変さもあるっちゃあるんですけど。……読売《よみうり》先輩、大変なら俺が代わりましょうか」

「どうしてそんなひどいこと言うの」

「はい、証明完了」

天秤《てんびん》にかけたら、やっぱりやりたくないのはレジのほうだろう。わかる。

ふんふんふーんと鼻歌なんて歌いながら、読売先輩は出力されてる入荷リストをレジ裏の引き出しから取り出すと、足取りも軽く売場に出ていった。

おのれ先輩め。冗談半分の恨み節を心の中でつぶやいて、俺はレジへ向かう。

それからの仕事は地獄だった。

客、客、客。お会計、お会計、お会計。問い合わせ、問い合わせ、問い合わせ。目が回るほどの忙しさで大変ではあるが、攻略法は心得ている。

無我の境地。ベルトコンベアーを右から左に流れる機械にパーツをくっつけていくかのように、無感情に、淡々と接客をこなしていく。そう表現すると失礼に感じるかもしれないが、いちおう流れ作業と感じさせない程度の擬態はできてるはずで、その証拠に、一度たりともクレームをつけられずに済んでいた。

そうして多忙な時間をやり過ごしているうちに時間は秒で溶けていき、気づけば夜9時。上がりの時間になっていた。

「お先、失礼します」

「あ、もう帰り？　……って、もうこんな時間か。金曜は時間の流れが早いねぇ」

「本当ですよ」

「わたしも休憩入ろっと。後輩君、着替え終わったら休憩室おいでよ」

「え、なんでですか？」

「暇だから」

「ええ……」

「いいでしょぉ、ひとりでお弁当を食べて過ごすの寂しいし。かわいい妹さんとの体験談をおかずにしたいなぁ」

「人の生活を面白がらんでください。……はあ」

おねだりする読売先輩のあざとさたっぷりの潤んだ瞳に、深いため息が漏れてしまう。

俺は自分で思うよりも百倍、押しに弱いほうだったらしい。

「わかりました。ただ妹との変な体験なんかは特にないので、代わりに俺の相談に乗ってください」

「おっ。それはそれで興味深しだねぇ」

せめて一方的に搾取されるんでなく、ギブ&テイクの関係ぐらいに持ち込むことで対等ということにしておこう。

それが俺にできる精一杯の抵抗だった。


書店のバックヤードは倉庫、事務所、男子更衣室、女子更衣室、そして休憩室の五部屋に区切られている。売場からはそこそこ距離があるため客の声や店内BGMはほぼ聞こえない隔絶された空間だが、監視カメラのモニターで常に店内の様子が見えるようになっていた。

更衣室で着替え終えた俺が休憩室へ向かうと、パイプ椅子に座って机にでろんとだらしなく、溶けたアイスのように突っ伏している読売《よみうり》先輩の姿があった。

「溶けてますね」

「そりゃ溶けるよう。店内の人口密度高すぎてクーラーぜんぜん効果ないし」

「心なしか空気も薄い気がしますよね。でもレジから逃げたんですから文句を言う資格はありませんよ」

「えーっ、逃げてはないよぅ」

「知ってます。冗談です」

「意地悪だなぁ、後輩君は。女の子には優しくしなくちゃいけないんだよ?」

「男女平等を尊んでるんで」

大人のお姉さんの風格漂う風貌に不釣り合いに小学生のようなむくれ方をする読売《よみうり》先輩を、俺はあきれ気味にあしらった。極度に適当なノリのこの人と付き合うには、こちらもある程度適当になる必要がある。

真正面から向き合いすぎると無限にからかわれて、振り回されてしまうから要注意、と、読売先輩の取扱説明書を脳内で復習しながら真正面の椅子に腰かける。

……物理的に向き合うぶんには大丈夫なので、そこは気にしなくていい。

「後輩君は場所空け作業をナメすぎじゃないかなぁ。レジとは違う大変さがあるんだよ」

「知ってますよ。ただ、読売先輩がそっちのほうをラクに感じてることも、俺は知ってるんで」

「いやいや。けっこうしんどいと感じてるよ？　重い本を持って屈《かが》んだり立ち上がったりを繰り返して、わたしの腰はもうバッキバキなんだから」

「大げさな……」

「ホントだって。具体的には恋人同士で夜通し激しく愉《たの》しんじゃった翌日ぐらい、足腰がガクガクしてるよ」

「変なたとえ話をされても釣られませんからね」

「ちぇー」

わざとらしく可愛《かわい》らしく読売先輩は舌打ちのフリをしてみせた。

どうせミスリード。罠《わな》のたぐいだと、俺は知っている。

下ネタ反対だと過剰に訴えれば、考えすぎだよぅ、何を意識しちゃってるのかな後輩君は？とからかわれるし。実体験ですか？なんて好奇心から質問しようものなら、満面のニヤニヤ笑顔で気になっちゃうんだぁといじられる。

反応は、すなわち敗北。ここを切り抜ける最善手は冷たくあしらうことのみだ。

「まあ本当に腰がつらいならマッサージとかどうですか。前に亜季子《あきこ》さんから通ってる店の話を聞いたんで、教えますよ」

「亜季子さん？」

「あっ、すみません。義理の母です。新しくできた妹の、母親」

「あー、なるほどなるほど」

そういえば、親の再婚と新しい妹との同居にまつわる相談は事あるごとにしているが、新しい母親の話題はほとんど出していなかった。

亜季子さんも立ち仕事なので体のメンテナンスが不可欠らしく、たまにリビングで会話する機会があるときにそういった情報を教えてくれる。

会話デッキに健康カードを差しておけるのは、こういうときに便利だった。

「道玄坂《どうげんざか》にある指圧の店なんですけど……。あった、ほらここ。オススメらしいです」

「むぅ。フクザツだね」

「そうですか？　ＭＡＰ見る限りそんな入り組んだ場所にあるようには見えませんけど」

「道順の話じゃなくてさ。これでもまだピチピチの女子大生なんだよ？　さすがにまだ、マッサージに頼り始める年齢じゃないと主張したいなぁ」

「その『ピチピチ』って表現自体、ぜんぜん若くないですよ」

「ばれたか。いままで黙ってたけど、わたし、呪いで若返っただけで正体はおばあちゃんなんだ」

「唐突にトンデモ設定ぶちこむのやめてもらっていいですか？」

「あはは。後輩君、正論ツッコミ切れ太郎だね」

「なんですかそのあだ名……。先輩こそ、突然ウソバナ吹き子さんでしょう」

「うーん。惜しい。70点。嘘《うそ》の話をウソバナと略すのは悪くない言語センスだけど、一般の人に一発で伝わりにくい造語ネタは減点」

ごく自然な会話の流れで出てくる言葉を勝手に採点しないでほしい。

わりと的確っぽい理屈が通っているせいで、くだらない話なのに、妙にダメージを負わされるし。

そんな内心を隠そうともせず微妙な表情をしていると、その反応に満足したのか意地悪な読売《よみうり》先輩は、ふふふ、と楽しそうに笑いながら弁当を開け始めた。

弁当、といってもコンビニで買ったおにぎりとミニサラダ。これでボリュームが足りるのかと心配してしまうが、よく考えたら綾瀬《あやせ》さんに料理を作ってもらうようになるまでは俺もこれと似たような食生活だった。

「食事も始まったことですし、さっそく始めてもいいですか。相談タイム」

「いいよー。なんでも言ってみたまえ」

「実はですね……」

無駄に偉そうにふんぞり返る読売先輩に引っかかるものを感じつつもあえてツッコミは呑《の》み込んで、俺は滔々《とうとう》と語りだした。

綾瀬さんのプライバシーに配慮しながらも、不足がないよう的確に情報を取捨選択して事情を説明していく。

俺がすべてを話し終えると、読売先輩はニヤニヤしていた。

「ほーう。妹さんのために、学習効率の向上を、ねぇ」

「何か心当たりありますか？　大学受験に成功した先輩として何かアドバイスをもらえたらと」

「後輩君はいま作業用ＢＧＭって切り口で調べてるんだね」

「ええ。ピンとくるものは見つかってませんけどね。無難な音楽集はたくさんあるんですけど、学習効率って意味ではもっといいものがありそうな気がして」

「あっ、ならオススメあるよ。わたしもちょっと前に勉強に集中しやすい音楽が欲しくて、いろいろ探したの」

「おおっ。聴かせてください」

「えっとね。どれだったかな……あ、見つけた。ほらこれ」

自分のスマホを軽く操作して、読売《よみうり》先輩はYouTubeのチャンネルページを見せてきた。

登録しているらしいそのチャンネルの画面は日本風のアニメ絵で構成されていた。だが使われている言語は英語一色で、日本人の運営するチャンネルではなさそうだ。

アニメといってもオタク向けというよりはサブカル寄りで、まるでお洒落《しゃれ》なラウンジのような落ち着いた雰囲気で統一されている。

「すごい。再生数が一千万超えてる。一時間以上もあるのに」

「凄《すご》しでしょ。同じ人が何度も再生してるっていうのもあるけど、二十四時間流しっぱなしの生配信も同時接続三万人とかだし」

「うわ、ホントだ。コメント、ほとんど英語圏の人なんですね」

「そそ。日本だとまだそんなに有名じゃないかなぁ」

「まだ上陸してない音楽ジャンルなんてあるんですね。普通の音楽と何が違うんです?」

「百聞《ひゃくぶん》は一見《いっけん》に如《し》かず。聴いてみ?」

そう言って、読売先輩はハンドバッグの中から取り出したケースを開け、つまみ上げたワイヤレスイヤホンを、はい、とこちらに向けた。

「えっ」

一瞬、硬直した。

された行動の意図を測りかねてしまった。

他人とシェアする行為にはさまざまな種類があるが、自分のイヤホンを他人の耳にはめさせるのは最もハードルが高い行為のひとつに思う。

同じ大皿の料理を分けるとか、同じ風呂場を使う、同じ洗濯機を使う、ぐらいのシェアをしている綾瀬《あやせ》さんとでさえ、イヤホンの貸し借りなんてしたことがない。

ところが目の前の読売先輩は、その行為にいっさい疑問を持たない様子で、ごくあたりまえのように言う。

「良い音質で確認したいでしょ？」

「あっ、はい。そうですね……」

素朴に言われると、自分が意識しすぎているだけに感じて恥ずかしくなってきた。

からかうつもりでもなさそうだ。

あまり強固に反発するほうが罪悪感を増幅させそうで、俺は初めて火を扱おうと試みる原始人のような手つきでワイヤレスイヤホンを受け取った。

とはいえ、それを深く耳穴にはめるのも憚《はばか》られて、浅く、音が聴き取れる程度に留《とど》めておく。変な汗もかいているあたり我ながら小心者だとあきれてしまう。

が、その直後。鼓膜に音が触れた、まさにその瞬間のこと。

「これだ……」

思わず、そうつぶやいていた。

それまで感じていた邪念のたぐいのいっさいが綺麗《きれい》に押し流されていた。

最初に聴こえたのは、雨音。ざらざらと真夏の青葉を打つ音だ。ノイズじみた環境音の隙間をたゆたうように、チル系のまったりした音楽が流れている。音質は、良いか悪いかで言えば悪いほうだろう。もうほとんど知らない文化だが、昔の映画を観《み》ているとたまにある、レコードを彷彿《ほうふつ》とさせる。

「すごい。こんなの知りませんでした」

「ローファイ・ヒップホップ」

片手で口を隠し、咀嚼《そしやく》していたおにぎりをごくんと呑《の》み込んで、読売《よみうり》先輩はその単語を口にした。

聞いたことのない響きの単語だった。

「ヒップホップ、ですか？　ＨＥＹ、ＹＯ、みたいな」

「あはは。違う、違う」

ラッパーのような粋なポーズを極《き》めたらけっこうウケた。

やはり俺の問いは的外れだったらしい。

「ヒップホップって呼ばれてるのは、ビート重視の音楽だからってだけ。ローファイは、いわゆる一般的なイメージのヒップホップとはぜんぜん違うよ」

「なるほど」

「今風のチルいフレーズなんだけど、エフェクトはあえて古臭く、ヒーリングな曲をループでね？」

「日本語でお願いします」

「とにかくイイ音楽ってこと」

ひと言で、とてもわかりやすくまとめてくれた。

こちらはカタカナ耐性に乏しい平均的感性の人間なので、そう説明してもらえると正直助かる。

「海外で流行《はや》ってるジャンルらしくてね。あえてノイズまじりの低音質の音楽で、それが逆に心が落ち着いたりノスタルジーを感じたりするってことで、勉強用、睡眠用として親しまれてるんだってさ」

「おおっ。まさに求めてたやつです。やっぱり読売先輩は博識ですね」

「おばあちゃんだからねぇ。ほっほっほ」

「そのネタいつまで引っ張るつもりですか？」

「味がしなくなるまで」

「最初から無味無臭なんですが」

「そこはわたしの自己満足だから、後輩君に判定する権利はないんだよ？」

「む。そう言われると反論しにくいですね」

「ディベート最強の先輩に挑むからには相応の覚悟をしておくことだね、後輩君」

「……了解です」

実際、すらすらと雑学があふれ出てくるのはおばあちゃんの知恵袋のようだが、それを主張するならせめてもうすこし老いた落ち着きを見せてほしい。

「でもどうやってローファイ・ヒップホップにたどり着いたんですか？　海外で流行《はや》ってる音楽なんて簡単に見つけられるものじゃないですよね」

「やー、大したことないよ。たまたまYouTubeのオススメに出てきたのを聴いてみただけ。それ以来、かなり勉強が捗《はかど》ってるんだよねぇ」

「コメント欄の内容、ほとんど英語で読めませんが……なんとなく温かい空気感が漂ってるような気がする」

「わかる？」

「なんとなく、ですけど」

「さすが後輩君、感受性高しだね。そう、お察しの通りネット上の憩いの場になってるんだよね、このチャンネル。ふとしたときに立ち寄るバーみたいな」

「バー、ですか」

反射的に、その単語を復唱した。

いまの俺のアンテナは、バーという響きに対し無駄に鋭敏な反応を示す。

家族になったばかりの義理の母親の職場だから当然だ。

「よくドラマであるじゃん。つらいことがあった大人が立ち寄る場所。落ち着いたお洒落《しゃれ》な雰囲気のお店で悩み事を聞いてもらったりして」

親父《おやじ》と亜季子《あきこ》さんの出会いもそうだったんだろうか？　ふたりの馴《な》れ初《そ》めは本人たちの談でしか知らないが、酔いつぶれるほど心の弱っていた親父を、亜季子さんが介抱したのが始まりだったという。

憩いの場、癒やしの場での出会い。そう表現したら、とんでもなく素敵な出会いかたをあのふたりはしたのかもしれなかった。

「ああいうの憧れるけど、現実だと意外とロマンティックにならないよね」

「よね、と言われてもお酒飲めないので知りません」

「ちぇっ」

「なんで舌打ち？」

「未成年飲酒を自白させて弱みを握ろうかと。誘導尋問に引っかからないとはやりおる」

「何と戦ってるんですか」

不服そうに紙パックのお茶に挿したストローに吸いつく読売《よみうり》先輩の姿を見て、ふと、あれ、と思う。

「そういえば先輩ってお酒飲める年齢でしたっけ」

「失礼な。おばあちゃんの年齢なのに飲めないとでも？」

「一周回ってその年齢だと飲めない可能性高いですよ。持病とかあったりしたら」

「む……。やるね、ディベート強者だね」

「ちなみに不毛なんでおばあちゃんネタをまだ擦《こす》り続けてることにはツッコミません」

「ちぇっ」

またしても舌打ち。どうしてもおばあちゃんになりたいらしい。

心配せずとも遠からずなれますから、といった余計なことは言わない。そういうひと言を心の中にしまっておくくらいの分別はついているつもりだった。

それから俺は、オススメされたローファイ・ヒップホップのチャンネルをいくつか登録した。

よっぽどお気に入りなのか、いつもより1オクターブ高い声で楽しそうに説明する先輩の横顔を眺めているうちに、ふいに笑いがこみ上げてきてしまった。

「はは……」

「んぅ？　ちょっとぉ、人の顔見て笑わなかった？」

「すみません。こっちの事情です」

読売先輩は何も悪くない。

笑ってしまったのは、自分でもあきれるほど情けない事実に気づいてしまったからだ。

——いま俺、読売先輩のオススメで曲を選んでる。

YouTubeにオススメされた読売先輩にオススメされた曲を選んでる時点で、奈良坂《ならさか》さんの選び方と何も変わらない。こだわりもへったくれもない。

ごめん、奈良坂さん。君は正しかった。

本日の帰路は久々に足が軽かった。何せ綾瀬《あやせ》さんへの手土産がある。

これまでは毎日の手料理に見合った成果をあげられず、ギブ&テイクにおけるテイクが勝ちすぎていたように感じていた。

これなら、胸を張って綾瀬さんの作った夕飯を食べられる。

リビングのドアを開けて中に入るとともに漂ってくる旨《うま》そうな香りが、俺の帰りを歓迎してくれてるかのようにさえ感じられた。

「ただいま、綾瀬さん」

「おかえり、浅村《あさむら》くん」

ダイニングキッチンで私服の上からエプロンをかけた姿の綾瀬《あやせ》さんが鍋を温めていた。

最近ほぼ毎日見ている光景だが、すこし前まで他人だった女子が我が家で主婦のように振る舞っている姿にはやはり慣れない。

緊張する、というのもあるが、何よりも自分のための仕事をさせてしまっている事実をどうしても申し訳なく思ってしまうのだ。

そんな本音を聞いたら綾瀬さんは、お互い様、気にしないで、と言うだろうけれど、これぱかりは俺の偽らざる素直な感情なのだから仕方ない。

「もしかして綾瀬さんも夕飯まだ？　帰るまで待たせちゃったならごめん」

「いいよ。勉強してたし」

「そっか。配膳やるから、ちょっと待ってて」

「ん。ありがと」

手伝う、とかではなく、親切、なんかでもない。

当然のこととして俺は提案し、綾瀬さんもまた俺の申し出に遠慮することなく、端的な感謝の言葉のみで受け入れる。

せめて共同作業の形に持っていかなければ釣り合いが取れないと俺は考えていて、彼女もそんな俺の考えを把握し、記憶してくれているからこそのやり取りだった。

自室に戻って荷物を置き、洗面所でしっかり手洗いうがいをしてから小走りにリビングへ向かう。

「茶碗《ちゃわん》とお椀《わん》、大皿を2つずつでいいかな」

「大皿はなし。お椀はお味噌汁《みそしる》のじゃなくて、うどんとかに使う大きめのをこっちにくれる？」

「了解。ということは、今日は豚汁？」

「残念。もつ鍋でした」

「へえ、そういうのも作れるんだ。あんまり夏に食べるイメージないけど」

「夏バテ対策になるって情報見つけてさ。バイトで忙しくて体力削ってるだろうし、たまにはこういうのもアリかなって」

「夏のもつ鍋かぁ。いい匂いで、食欲がそそられるね」

「でしょ。お鍋はこっちでよそうから、ごはんをお願いできる？」

「もちろん」

綾瀬さんにお椀を渡し、自分は炊飯器を開けて炊き立ての米にしゃもじを突き入れた。

仕事をこなしている最中にも鍋のほうからは独特の醤油《しょうゆ》の香りが流れてきて、自然と舌に唾液が溜《た》まってしまう。

最初から料理上手な綾瀬さんだったが、ほぼ毎日作り続けてるおかげかその腕前は日毎《ひごと》に成長しているような気がした。

配膳を終えてふたり、向かい合わせに座って手を合わせる。

「いただきます」

「いただきます」

示し合わせたわけでもないのに声が重なった。

気のせいかもしれないが、最近、箸を手に両手を合わせるしぐさが似てきたように思う。

俺が彼女に影響されているのか、彼女が俺に影響されているのか、それさえもわからないぐらい自然に、いつの間にかそうなっていた。

同居生活の影響力を肌で感じながら、何も考えずもつ鍋のスープをれんげですくい、口に入れた。

「あ、おいしい。甘くてまろやかだ」

「そう。よかった。本格的な博多風。こってりしすぎてないか心配だったけど、その様子だと大丈夫そう」

ホッとしたように微笑《ほほえ》む綾瀬《あやせ》さん。

お世辞を抜きにして、口の中に広がる味は俺好みだった。親父《おやじ》が食べたらやや胃もたれしそうだが、今夜は外で食べて帰ってくると連絡を受けていたので問題ない。綾瀬さんのことだからそれも踏まえてのメニューだと思うし。

「俺好みの味、調整してくれたんだよね。いつもありがとう」

「……。まあ、そうだね。毎日感想聞いてるから、それを参考に、なんとなくね」

「そんなに努力してくれてるのにこっちから返せるものが少なくて本当に申し訳ない……と、昨日までの俺なら、そう言ってた」

「え?」

もったいぶって切り出したら、綾瀬《あやせ》さんにきょとんとされた。

スマホを取り出しYouTubeを立ち上げて、さっき登録したばかりのローファイ・ヒップホップのチャンネルページを開く。その中から現在二十四時間ライブ配信中のradio《ラジオ》と書かれたタイトルをタップした。

途端、ゆったりと、落ち着いた音楽が流れ始める。強引に耳目を集めるパワーあふれるものとは対極に位置する、日常の中に溶け込むような包容力のある曲。突然、静かな森林に迷い込んだかのような感覚に襲われる。

きっと綾瀬さんも同じなんだろう。音を流し続けるスマホをぼんやりと見つめる瞳が、レンズを絞るようにきゅっと大きくなった。

「これって……」

「とりあえず聴いてみて」

「あっ、うん」

促されるままに綾瀬さんは目を閉じた。

しばらく静かに耳を澄ませて聴いたあと、綾瀬さんは、ほっ、と感嘆まじりの息を漏らす。

「すごくいい。これ、なんてジャンル？　普通のヒーリングとも微妙に違うよね」

「ローファイ・ヒップホップ。勉強用のBGMに試してみたらどうかなって」

「あっ……そっか、それで」

腑《ふ》に落ちた顔をする。食事中にいきなり音楽の話を始めた理由をわかってもらえたようだ。

「初めて聞いたジャンル。よく知ってたね」

「実は俺も初耳だったり。バイト先の先輩に教えてもらうまでぜんぜん知らなかった」

「あっ、あの人でしょ。文学少女のお姉さん」

そういえば以前、そう、先月くらいのことだったか、読売《よみうり》先輩の話をしたことがあった。浅村《あさむら》くんにお似合いの女性じゃないかと綾瀬さんにからかわれたのを憶《おぼ》えている。本をよく読む人間同士って意味でそう言ったんだろうけど、あの人の常にマイペースなキャラは付き合ったらかなり大変そうだ。

読売先輩のほうも俺みたいなタイプを楽しく弄《いじ》れると思うことはあれど、彼氏にしたいとは思わないんじゃなかろうか。あの人の異性の好みを聞いたことはないので、いまいちわからないが。

「そうそう。いい情報はほとんどあの人が持ってると言っても過言じゃないかも」

「仲良しなんだ」

「シフトがかぶることが多いからね。……綾瀬《あやせ》さん？」

ふと違和感を覚えて、名前を呼んだ。

目と目を合わせて会話しているはずなのに、いまの一瞬、すこしだけ視線がずれていたような気がした。

「……。えっ、なに？」

名前を呼ばれてから反応するまでにもすこしラグがある。

「大丈夫？　ボーっとしてるけど、勉強しすぎで疲れてるんじゃない？」

「あー、ううん。平気。ちょっと音楽に聴《き》き惚《ほ》れてただけ」

確かにローファイ・ヒップホップはいまだ流れ続けているが、本当にそれだけだろうか。無理をしすぎる性格を知ってるだけに、俺としては心配してしまう。杞憂《きゆう》ならそれに越したことはないけれど。

「読売《よみうり》先輩、だっけ？　その人、本だけじゃなくて音楽のセンスもいいんだね」

「大学生で経験豊富だから、ってレベルを越えてる気はする。どこまでの知識があるのか、底知れないところがあるんだよなぁ」

「クール」

「本人のキャラはその単語と正反対なんだよなぁ」

むしろそれは綾瀬さんにこそピッタリの単語だと思う。読売先輩はもっとこう、天然とか、ユーモラスとか、そっちの方向性だ。

そう俺が訂正すると、綾瀬さんはふふっと笑ってみせた。

「どっちにしても面白そうな人」

「それは保証する」

読売先輩を紹介する機会がなさそうなのが惜しいところだ。プライベートで遊ぶ仲じゃないから、奈良坂《ならさか》さんのように家に来る展開はあり得ないし、生活圏の書店で働いているとはいえ、客として遠目から見ただけでは彼女の特殊性は絶対わからないだろうし。

残念だ。

そう思っていると、目の前で自分のスマホをいじっていた綾瀬さんが、画面をこちらに向けてきた。

「さっそくチャンネル登録した」

「ホントだ。判断が早い」

「これでも私、直感を信じるタイプだから。ローファイ・ヒップホップ、これなら勉強用BGMに最適だと思う」

「効果がなかったら遠慮なく使うのやめていいからね」

「わかってる。心配しなくても、忖度《そんたく》で自分を縛る真似《まね》、私は絶対しないから。とにかく試してみて、使えたら使うし、微妙ならやめる」

「うん。そのスタンスでいてくれるとこっちも助かる」

悩みを悩みのまま抱えずに頼ってくれて、それでいて依存しすぎることもない。いまの俺にとって一番心地《ここち》好い距離感。こってりしていても胃もたれまではしないもつ鍋がそれを象徴しているような気がした。

なんて表現を使ったら、読売《よみうり》先輩から比喩表現がお洒落《しゃれ》じゃないと減点されてしまいそうだけど。

先に食べ終わったのは綾瀬《あやせ》さんのほうだった。

勉強時間のためだろう、急ぎ気味のペースで平らげると、彼女はスマホを手に立ち上がりながら言う。

「今夜の勉強から試してみる。ありがと、浅村《あさむら》くん」

「どういたしまして。あっ、洗い物は俺のほうでやるから食洗器に入れておくだけでいいよ」

「ん。それも、ありがと」

空の茶碗《ちゃわん》やお椀《わん》をダイニングキッチンへ運び、食洗器に入れると、綾瀬さんは軽く肩を回して、よし、とつぶやいて自分の部屋へ向かった。

再テストに向けた彼女の勉強効率がすこしでも上がりますように。そう心の中でエールを送りながら、多忙の隙間を縫って工夫してくれたのであろうおいしい料理をゆっくりと味わった。

――頑張れ、綾瀬さん。

# ●7月18日（土曜日）

目の奥に痛みを感じてうすく瞼《まぶた》をあける。

締め忘れたカーテンの隙間から夏の日差しが俺の顔を照らしていた。エアコンのおかげで暑くはないけれど。

そりゃ、まぶしいわけだ。

枕もとの時計に視線を送れば、その瞬間に下一桁の数字が変わり、０８：３３の数字を刻む。

どうしてデジタルの時計って、見た瞬間にゾロ目になることが多いんだろうな、と頭の片隅でぼんやりと思う。

――ん？　8時……30分過ぎ？

早起きとは言えない時間だった。休日とはいえ、すこし寝過ごしたか。

これはひょっとしてもうみんな朝食を済ませてるな。と、そう考えてから、思考の中に浮かんだ言葉が複数形の「みんな」であること。

つまり自動的に義理の母である亜季子《あきこ》さんと義理の妹である綾瀬《あやせ》さんが含まれていることに気づく。軽く驚いた。

共に暮らし始めて一ヶ月ほどしか経《た》っていないというのに、俺の心の中では、もうそれが当たり前のようになっていてさ。

着替えて、忍び足でたどり着いた洗面所で顔を洗って身なりを手早く整えてから、ダイニングへと繋《つな》がる扉を開ける。

親父《おやじ》と亜季子さんが向かい合って食後の珈琲《コーヒー》をのんびり優雅に飲んでいた。

振り返った親父がすこし呆《あき》れた顔をする。

「おはよう……というか、おそようだな、悠太《ゆうた》」

「寝過ごした。あ、そのままでもいいですよ」

後半は、俺が入ってくるのを見た瞬間にカップを置いて立ち上がった亜季子さんに向けてだ。

けれども、俺の言葉が届くより早く、亜季子さんはお皿に載ったハムエッグにラップを手早くかけて電子レンジに放り込んでしまっていた。

「遠慮しないでいいのよ、悠太くん」

「や、そんな……ありがとう、ございます」

温めてくれたハムエッグを前にして俺は座る。トーストは一枚、バターとジャムが添えてあった。

「あれ？」

自分の前にもうひとつ手を付けていない皿があることに気づいた。

食卓に義理の妹の姿がない。ということは綾瀬《あやせ》さんも朝食をまだ済ませてないということか？

「沙季《さき》ったら、まだ寝てるのよ」

「あ、そうなんですか。……珍しいですね」

「ちょっと今日はお寝坊さんね」

首をすこし傾けて言う亜季子《あきこ》さんの顔を見れば、綾瀬さんが寝過ごすというのがレアなケースだということはよくわかる。俺自身もそう言えば、自分より遅く起きてきた綾瀬さんを見た記憶がないような。

亜季子さん曰《いわ》く、さっき寝室を覗《のぞ》いてみたら爆睡していたとのこと。

「エアコン効いてるのに、おへそを出して寝ていると風邪を引いちゃうわよね」

困ったわ、と吐息を零《こぼ》す亜季子さんに、俺は何と答えれば正解なのか。

これが同級生の女子だったら、あらぬ妄想のひとつでも浮かんでしまうところか。学内有数の美少女の寝姿を描写されて耳をそばだてないはずがない。

しかし、義妹《ぎまい》にそんなリアクションを返して、亜季子さんを戸惑わせるわけにはいかないだろう。

「今年の夏も暑そうですね」

迷った末に、俺は無難にもほどがある返事をしていた。

「冷えすぎるのも困るけど暑さも怖いから、悠太《ゆうた》くんも気をつけてね。ちゃんとエアコンは使うのよ？　部屋の中でも熱中症になるって言うから」

はいと頷《うなず》いてから、俺は朝食に取りかかった。

亜季子《あきこ》さんがひとりで作る朝食は久しぶりだ。

目の前には俺のために目玉《めだま》焼き用の醤油《しょうゆ》の小瓶が置かれていて、亜季子さんの気配りを小さなところにも感じることができる。

綾瀬《あやせ》さんも一度聞いた他人の好みは忘れないのだから、これは親子そろっての習い性なのかな。

ハムエッグとトーストだけかと思えば、箸を動かしている間に、ことんと目の前にカップが置かれた。

「はい。お代わりもあるから言ってね」

「ありがとうございます。……これ、ポタージュですか」

温かそうな白いスープに細々とした具が入っているのが見えた。

「クラムチャウダーなんだけど。味が好みじゃなかったら遠慮しないで残していいからね」

「いえ、だいじょうぶです」

クラムチャウダーって、あれか。つまり、あさりのミルク煮込みだよな。それくらいは俺も知っている。カップスープの素なら、何度も湯に溶かして飲んでいる。

「亜季子さんの手作りだぞ」

「手作りってほどのものじゃないから。それに簡単なのよ？」

俺はこの一ヶ月ほどで気づいたことがある。

綾瀬さんや亜季子さんが「簡単な料理」と言うとき、手料理に無縁の俺と親父《おやじ》にとっては文字通りに受け取れないということ。

味に工夫がしてあったり、それなりの下準備をしていたり……。綾瀬さんはそういったことを聞けば教えてくれるから、俺も事あるごとに学ぶようにはしていた。覚えておいて損はないって思うしさ。

それはともかくとして。カップの中を覗《のぞ》くと、赤いのやら白いのやら透き通ったのやら、箸の先でつまむのに苦労しそうなほど小さく刻んだ具材が色々と入っている。

箸で軽くかき混ぜてから、カップを傾けて、そろりと口の中へと流し込む。

つぶつぶとした食感が舌の上で躍る。コンソメをベースにしたミルク味のスープを歯で軽く噛《か》めば、具材が押しつぶされて豊潤な味が口の中へと広がった。あさりの濃い味わいにベーコンだのニンジンだのの肉や野菜の味が紛れこんでくる。

「おいしいです」

味付けも濃すぎず薄すぎず。お世辞じゃなく、これはほんとに美味《おい》しい。

「よかった」

ふんわりと微笑《ほほえ》む亜季子《あきこ》さん。そして自分の所業のごとくドヤ顔を決める親父《おやじ》。なぜそこで自慢げな顔をするのか。これもまた惚気《のろけ》か？　四十男のドヤ顔を眺めながら休日の朝食を食べる趣味はなかったので、俺は料理に集中することにした。

傍らで親父と亜季子さんが会話を始める。

議題は、綾瀬《あやせ》さんの夜更かしについてだった。

「あの子ったら、遅くまで勉強していたみたいで」

なぜ寝室をちょっと覗《のぞ》いただけでそこまでわかるのか。

それは、机の上にノートが開きっぱなしで置かれたままになっており、スマホから繋《つな》がれたイヤホンが耳から引き抜かれてそのまま放り出したかのようにノートの上に散らばっていたからのようだ。

それは裏を返せば、綾瀬さんは自分のノートを他人に見られることを嫌がる性格であり、繋いだイヤホンから漏れる音を聞かれるのを嫌がる性格である、ということを示している。

亜季子さんもそれをわかっていて、だから開きっぱなしのノートと散らばったイヤホンを見て、睡魔が学習意欲に打ち勝つぎりぎりまで、彼女が勉強していたのだろうと結論したわけだ。

そして遂《つい》に睡魔が勝利して、安眠生活を目指し、何もかも放り出してベッドへと飛び込んだのだろうと。

名探偵亜季子さんの名推理。その推理におそらく間違いはないだろう。

勉強がよっぽど捗《はかど》ったのだろうか。教えたローファイ・ヒップホップが効いたんだったら良いなぁと思う。

不意に親父が話しかけてきた。

「なあ、悠太《ゆうた》」

ん？と視線だけを俺は親父に向ける。生憎《あいにく》、口の中は焼けたハムのうま味を堪能している最中だ。食べながらしゃべるよりは行儀悪くないと思う。

「一ヶ月過ぎたが、どうだ、なにか不自由してないか」

「不自由……はとくに感じないな」

口の中を空にしてから俺は答えた。

「沙季《さき》とはどう？」

今度は亜季子さんから訊《き》かれる。

「ええと……」

「ほら。悠太くん、それまで太一《たいち》さんと男ふたりだけで暮らしていたのに、いきなりわたしたちふたりが家に入り込んで来ちゃったでしょう？　色々と大変かなって思うの」

大変……か。

そう言われて、俺は一ヶ月ほど前に綾瀬さんに下着姿で迫られた夜を思い出してしまった。あれは確かに大変だったかもしれない。

明かりを消された部屋の中でベッドに寝転がっていた俺。下着だけをまとった綾瀬《あやせ》さんの肌が迫ってきた。肩を越えた明るい色の髪が胸元を覆うすこし濃いめの色をしたブラへと落ちていて、潤んだかのような瞳が俺を見下ろしていて……。

……っと、ひとつ思い出すと、押さえつけていた蓋が押しあけられ、溢《あふ》れ出してくるように、あのときの光景が脳裏に浮かんできてしまう。

「どうした、悠太《ゆうた》」

「あ、ああ。大丈夫。何事もなく、うまくやれてるよ」

俺は親父《おやじ》にそう答え、亜季子《あきこ》さんにも、大丈夫ですよと明るく頷《うなず》いた。すこしだけ後ろめたさを感じつつ。

「そう。それなら……いいんだけど」

亜季子さんはもうすこし何か言いたそうだったけれど、それ以上は何も追及してくることはなかった。代わりに、食後の珈琲《コーヒー》を飲むかと尋ねてくる。

俺の返した頷きに、ドリップサーバーのスイッチを入れた。あらかじめ豆はセットしてあったみたいだ。親父が奮発して買ってきたハワイコナの甘い香りがカップに落ちる珈琲の音とともに食卓に広がる。

夏の休日の朝を俺は珈琲の香りとともにじっくりと堪能したのだった。

期末テストが終わり結果も返ってきた週の土曜日は、俺たち高校生にとって、もっとも心を晴れやかにさせて過ごせる休日の始まりだろう。

けれど俺は午前は宿題をし、時計が11時半を回ると、バイトに行く準備を始める。俺にとって休日とは、ほぼフルタイムでアルバイトができる日なのだ。

支度を済ませ、家を出ようとして、ちらりと綾瀬さんの部屋の扉を見る。

もうすぐ12時。

彼女はまだ起きてこない。

大声を出すのは憚《はばか》られたから、俺は小さく親父と亜季子さんに行ってきますを告げて家の扉をそうっと開けて閉めた。

マンションを出ると、その瞬間に肌を太陽光線が突き刺してくる。

暑い、というより、痛い、というレベルの日差しだ。もはや日本は温帯ではなくて亜熱帯なのではないかと疑ってしまう。

俺は自転車を漕《こ》いで渋谷《しぶや》の駅前へと急ぐ。向かい風が当たる瞬間だけは心地良いのだけれど、自転車を止めた途端に汗が噴き出した。

見上げる街頭の温度計は既に三十度を超している。

逃げるようにバイト先の書店が入っているビルへと滑り込んだ。

「ふう……。ああ、涼しい」

スポーツバッグからタオルを取り出して汗をぬぐう。制汗シートなんて、この暑さの前では子《こ》ども騙《だま》しにしかならない。バスタオルのほうが実用的だと俺は思う。

バックヤードでユニフォームに着替えて名札を付ける。同じ時間に入るバイト仲間と軽く挨拶を交わしながらフロアへと出ていった。

「ああ、浅村《あさむら》くん。こっちの入荷した本を並べるのからやってくれないか」

「はい。わかりました」

店長から台車を指差しながら言われた。

今日は土曜日だから本の入荷はない。けれども、俺の勤めている書店はそこそこ大きな店だから、仕入れられた本を即日にすべて並べ切れるわけではなかった。

台車の上に載せられた段ボールを覗《のぞ》きこむ。

「文庫か」

レーベルを確認しつつ、俺は台車を押して本棚の森へと進む。

文庫の棚は、雑誌や単行本とは距離を置いた、コミックに近いエリアにある。

休日のお昼時だから、ビルに入ってきた客たちはランチを求めて飲食店に入っている時刻だった。わずかにすいているこのタイミングで、空いた本棚を埋めてしまおうというわけだ。もちろん開店前にもやっているから、本日二度目の棚整理になる。

「あ、キミも今から？　後輩君」

棚を整理していた女性が俺のほうへと顔を向ける。長い黒髪がすこし遅れて振り返った顔の両脇に落ちた。

「はい、今からです」

「じゃあ、わたしと同じシフトか」

そう言った彼女は、お淑《しと》やかを絵で描いたような見た目をしており、書店の制服を着るより和服を着て佇《たたず》んでいたほうが似合いそうな女性だった。

読売栞《よみうりしおり》先輩。

「先輩は棚の整理ですか」

「うん、そうだよ。ねえそれ、新しく入ってきたやつ？　ちょうどよかった。そこにあるかな？」

「なんです？」

「このレーベルなんだけどね」

整理していた棚を指でつつきながら言う。

「『蒼《あお》い夜の隙間』って本なんだけど」

言われて俺は段ボールを覗きこんだ。

「これですか？」

「あ、それそれ」

いわゆるライト文芸と呼ばれるジャンルの一冊だ。

文庫の表紙には流行《はや》りのイラストレーターの描く、漫画よりもすこしだけ写実的に描かれた高校生らしき男女が、月の浮かぶ夜空を背景にして背中合わせで立っている。読者に向かって手前のほうの手を恋人つなぎしていた。恋愛もの、かな。

「何冊ある?」

「ええと……二冊ですね」

「それしか入ってこなかったかあ。二十冊発注かけたのになー」

「それはまた……吹っ掛けましたね」

「どうせ減らして寄越《よこ》すに決まってるもの」

「確かに」

「でも、それだと、平積みにできないねー」

平積みというのは、棚の手前、膝あたりの高さの平台に、表紙を表にして積み重ねて置くことだ。

これに対して、本棚に背表紙だけ見えるようにして差し入れてしまうことを、棚差しと呼んでいる。

「これ、もう一ヶ月前に出たやつですよね? それも単行本の文庫落ちしたやつ。まだ売れてるんですか？」

文庫落ち——つまり、いちど単行本で出て売れた小説を、文庫として再販したわけだ。要するに廉価版。それなりの人が既に購入しているはずだから、発売からひと月経《た》ってもまだ売れているというのはすごいことだった。

そういえばタイトルに覚えがあるぞこれ。

「そこまでおもしろいんですか」

「そうなんだろうね。もちろん映画になったから、というのもあるかなぁ」

「あー……そうかそうだった」

どこかで耳にしたタイトルだと思った。

既に公開が始まっている実写映画の原作だこれ。掴《つか》んでいた本から指をどけてよく見れば、帯には映画のスチール写真と映画公開中のキャッチが躍っている。

気になってたけど、綾瀬《あやせ》さんとの新生活のことや期末テストで一杯一杯で、すっかり忘れてたやつだ。

「まだまだ売れてるんだ。でも、もうあと一冊なんだよう」

「足して三冊ですか……それは確かに平積みにはできないですね」

作者別に並んでいる棚のほうにも最低一冊は差しておかないといけないから、平台に置いても二冊だけ。低いタワーにしかならないし、一冊売れたらもうタワーではない。積み重なっている隣の本とあまりに差がついてしまう。そういうときは背表紙だけ見えるように立てて詰めるのがふつうだ。

「でも、それはしたくない」

読売《よみうり》先輩がここまで言うということは、かなりの推しタイトルということだよな。売れている本ほど目立つように置け。

というのはバイトしていて実感するセオリーだった。

そういう本はあまり本を読まないひとも買っていくから、目立つ場所に置いてあげたほうが親切だし、そうしないと見つけてもらえない。読書の初心者は書店をくまなく探し回ったりしないから。対して、大きくは売れないけれど本好きな読者が好むような本は、目立たない場所でも意外と探し当てられてしまう。

「キミみたいにね」

「別にそういう本ばかり好んで読んでいるわけじゃないんですが……」

ただ読んでいる本の数が増えると、そういう本も増えるだけです。もしや読売先輩からは俺は本のゲテモノ好きに見えてるんじゃあるまいな？

「どうしようかなー」

「じゃ、棚のほうで面陳にしますか。新刊ではないですし」

「それがいいかあ」

同じ作者の本が並ぶ棚を調整して空きスペースをつくる。その空きスペースに三冊を表紙が見えるようにして置いた。そのままだと、本が滑り落ちてしまうから、本の下に返しを入れて落ちないようにする。売れてるらしいから、三冊では、この土日で売り切ってしまうかもしれないが、そのときはしかたない。

俺は段ボールの中の文庫を棚と平台に並べつつ、読売先輩が推し本をディスプレイするのを手伝った。

「これでよしっ」

「そうか、この映画って、そろそろ終わりですよね」

来週からは夏休みだ。そうなると、夏休み向けの映画が始まってしまう。となると、観《み》に行くならばこの週末だったか。

残念だけど、土日はバイトをフルタイムで入れてしまった。自分の迂闊《うかつ》さに思わず苦笑が漏れる。

観てみたかったたな。棚整理を終えた読売先輩とバックヤードに戻りつつ、俺は心の中でそうつぶやいた。

未練がましい表情が読まれてしまったのか、読売先輩が言ってくる。

「ね、まだ観てないならさ。今日バイト上がった後、レイトショー行く？」

「レイトショー？　夜ですか」

なるほどレイトショーという手があったか。夜の9時以降からとなると、観終《み》わるのは深夜になってしまうけど。

「わたし、今日の上がりは9時なんだけど。後輩君も同じでしょ」

「ええまあ」

どうやら、読売《よみうり》先輩も今日のシフト上がりが俺と同じ午後9時らしく、明日は休みだから付き合えるよ、ということらしい。

「夜遊びするなら土曜だよね！」

「言い方！」

「ええー、映画観るだけだよう」

わざとらしくさらりと言うのだからこのひとは。かえって裏があるように見えるところまで計算ずくなのだろう。

「映画観るだけなんですよね？」

「もちろん！」

ニコニコと微笑《ほほえ》まれる。からかわれてないか、俺。けれど、俺としても気になっていた映画ではあった。

「わかりました。俺も観たかったですし。後で親に連絡を入れておきます」

「親に連絡！　わあ、なんて健全な高校生！」

「いや読売先輩もそこまで高校時代遠くないですよね？」

「大学生はもうおとなだからね♪」

「つまり不健全になってしまったと」

「言い方！」

俺の返しに、読売先輩が笑った。

「でもね、後輩君」

「なんですか」

「連絡入れておくなら、もっと大事な相手がいるんじゃない？」

「へ？……誰ですか」

「妹ちゃん。心配するんじゃない？」

「心配……はしないと思いますが」

夜遅くまで帰ってこない俺を心配する綾瀬《あやせ》さんという図がどうしても頭に浮かばなくて
俺は素直にそう返した。

「へえ、そうなんだ？」

なんだか含みのある言い方をされたような気がする。

まあ、気にしてもしかたないか。

それに立場が逆だったら、高校生にもなった相手の行動をいちいち心配するのは失礼だと俺は感じるだろう。綾瀬《あやせ》さんも同じだと思う。綾瀬さんは亜季子《あきこ》さんを困らせるようなことはしないからさ。

……一ヶ月前の暴走の夜を思い出したが、あれは例外だと俺は首を振る。

休憩タイムに、俺は親父《おやじ》に連絡を入れた。バイト先の先輩とレイトショーを観《み》てから帰ると告げる。

『女の子とデートかい？』

やけにはしゃいだ親父の声が俺の耳に返ってきた。

「映画を観てくるだけだって」

『いよいよ悠太《ゆうた》も男の子かぁ』

しみじみと言われるようなことじゃないと思うんだが。というか、俺は前から男の子だったと思うのだが。

『でもまだ高校生なんだから夜遊びはほどほどにな』

「違うから」

そう短く返して電話を切った。

親父の言葉は、咎《とが》めるでも止めるでもなく突き放した放任主義のような言い方だったけれど、それは信用されているからだ。だからこそ俺は裏切れない。期待はされたくないが、だからといって、育ててくれた親父から掛けられた信頼を裏切ろうとも思わないしさ。

電話を切ってから、俺は携帯の画面を見つめて、ふと綾瀬さんにもLINEでメッセージを送っておくか？と考える。

いや、余計なことか。今日は両親も綾瀬さんも終日家にいる。だったら、家族の一人に連絡してあるのだから何の問題もないだろう。

バイト先の先輩と映画に行くだけで連絡を入れるとか、そこまで自分の動向を事細かに伝えるような関係でもないし。それよりも綾瀬さんがもし勉強していたら、集中を切らしてしまうかもしれない。そっちのほうが嫌だった。

バイト上がりの時間が来て、俺はユニフォームから着替えを終える。そして、読売《よみうり》先輩に引っ張られるように職場の書店を後にした。

風が、まだ生暖かくて外に出た途端に汗が滲《にじ》む。おそらく今夜も熱帯夜だ。

ビルの谷間から見上げる空はもう黒々としていたけれど、渋谷《しぶや》の街はまだどこも明かりが消えていなかった。

賑《にぎ》わいの止《や》むことがない不夜城ってやつだよな。陰キャな俺にはこの街の夜は陽気すぎる。居心地の悪さが半端なかった。

いつもなら自転車を飛ばしてさっさと帰っているのに。まさか年上の美人と一緒に夜の街を歩くことになろうとはね。

そういえば読売《よみうり》先輩の私服姿をこんなに間近で見るのは初めてかも。

明るく爽やかな色のやわらかそうな素材のトップス。フレアスカートのひだがふわりとなびき、黒タイツにつつまれた足が上品に伸びている。

渋谷《しぶや》の陽キャギャルたちとは違う落ちついた──黙っていれば大和撫子《やまとなでしこ》然とした、派手か地味かで言えば地味な側に位置する服装だけれど、それでも別の方向性で確かなお洒落《しゃれ》への意識を感じ、それが先輩の内面を表してるのかもしれないと思ったりもする。それと、読売先輩は大学生なんだなって。俺から見ればやはり大人の女性だった。

ふと、家にいるときの綾瀬《あやせ》さんの私服姿を思い出していた。

髪色こそ派手なままだけれど、家にいるときは、手首のアクセもピアスも外している。メイクだって落としている。

それでも彼女のポリシーなのだろう、俺たち家族しかいないときでも、漫画やアニメでたまにあるような、家では実は上下ジャージのダサかわでした、なんてギャップは見せてくれなかった。

いつもと同じ。昨日見た、深い赤色のワンピースに細い白襟と袖と裾に白いラインの入ったルームウェアは、そのまま外歩きしたって通用しそうなものだった。

彼女にとって服は武装なのだ。攻撃力と防御力には手を抜きたくないのだろう。

俺の前を歩いていた先輩が足を止めてくるりと振り返った。

「キミキミ、女性と歩いているときは、余計なこと考えてちゃダメだよ？」

「あ、そうなんですか？」

と返したら、先輩は一瞬真顔になってからにやりと笑った。

「その反応が良いねー。リアルな高校生男子君でさ」

「リアルと言われても」

なにがどうリアルなんだか、俺にはわからない。

「王子様なのにお姫様にとって嬉《うれ》しい反応はしてくれないってことだよぅ」

「……ひょっとして、俺、謝ったほうがいいんですかね」

「別に良いんじゃない？　フラットなくらいがキミらしいし。そのほうがこっちも気を遣わなくてラクだしね」

俺はちょっとだけ言葉に詰まった。

確かに、俺は気を遣うのも遣われるのも好きじゃない。でも、こんな風に相手から直に指摘されたことはなかった。

いや、綾瀬さんが居たか。

「ほらほら、時間ないよ、急ごう」

ふたたび先輩は歩き出す。

混み合う通りを過ぎゆくこと数分。映画館へとたどり着いた。

「後輩君、チケットを買ってくるから、飲み物を頼んでいいかな」

「いいですよ。じゃあ、精算はあとでまとめてということで。何がいいですか？」

「ダイエットコーク。……なに笑ってるのかな」

「映画にはポップコーンとダイエットコーク？」

「定番って大事だと思うの」

「了解です。味になにかご要望は？」

「キャラメル一択！」

思わず零《こぼ》れた俺の笑みに、すこし頬《ほお》を膨らませながら読売《よみうり》先輩は券売機のほうへと歩いていった。あのひと、意外と甘党だったか。それとも何かの影響かな。

背中を見送ってから頼まれた買い物をする。穴の開いた段ボールのホルダーに差し込まれたポップコーンと飲み物を抱えて振り返ると、小さく手を振りながら先輩が駆け寄ってくるところだった。

「4番だって」

「了解です」

「持とうか？」

「だいじょうぶです。代わりにチケットをお願いします」

「は～い♪」

チケットゲートを通って4番スクリーンを探す。流れていく人波を見ると、男女の二人連れをそこここに見かけた。

先輩がつぶやく。

「やっぱりカップルが多いねー」

「恋愛ものみたいですから」

重い防音の扉をくぐりぬけて外の夜をそのまま連れてきたかのような上映室の中に入ると、ふっとそこで先輩との会話が瞬間途切れた。不思議なものだ。この気分の切り替わりが映画館に行く意味なのかもな。

会話の音量がそれからは一段階下がった。

自分たちの座る椅子を探す。席のブロックでいうと真ん中あたりで、前に座席のない席だった。最前列のブロックから段をひとつ上がった後ろのブロックのいちばん前。席まで歩いていくときに途中に座っているひとたちの脚にぶつからないよう気を遣うことがなくてたどり着ける。

「前の席を蹴っちゃいそうでしょ。気を遣うのが嫌なの。この席じゃ不満だった？」

「いえ、ぜんぜん。大丈夫です」

「よかった」

ドリンクをホルダーにセットして、ポップコーンは先輩に渡した。

「ふふっ、バケツ型！　わかってるね、キミ！」

「多かったですか？」

「これ、もちろん後輩君も食べるんでしょ？」

「俺は観《み》ているときは食べなくても平気なんで。遠慮しないで食べてください。余ったら、終わってから食べちゃいますよ」

「そんなぁ。ふたりで食べようよ」

言いながら、膝の上のバケットを俺のほうへと傾ける。必然的に俺はポップコーンとともに読売《よみうり》先輩のスカート越しのふとももを見てしまうわけで。

「いただきます」

まあ、だからといって何がどうなるわけでもない。ポップコーンに集中するだけだ。

現実というのはしばしばただそれだけで流れていくものなのだ。

カラメルをからめたポップなコーンをひとつだけつまんで口の中に入れた。甘い。けど、食べられないほど甘くはない。上映中にものを食べない俺だけど、ここのポップコーンは当たりなんだなと記憶する。

映画のお供にアリだなこれ。断然アリ寄りのアリだ。

上映室の明かりが一段階落《や》ちる。俺は慌ててスクリーンのほうへと視線を戻した。

俺も先輩も会話を止める。映画を観にきたのだから、これが正解だしさ。

予告CMが始まった。

ロボットとニンジャが何故《なぜ》か戦ってる実写映画の吹き替え版のようだった。

「面白そうだな……」

ささやく声で言うと、先輩も音量を絞り切った声で応えてくる。

「だね……。三部作の四作目だよね、これ……」

「三部作の……四、……え？」

「そこは追及しちゃだめ……。武士の情けってもんが、っと……始まるね」

先輩がひとさし指を唇の前に立てた。ふたり同時に口をつぐむ。

本編が始まった。

上映前に見たポスターでは泣ける映画として紹介されていた。

なのにオープニングから笑わせる要素が多い、コメディか、と思ったところからほんの五分ほどで、がらりと雰囲気が変わった。

俺はぐっと映画に引き込まれた。

最初のヤマ場を越えたところで息抜きのようにショートコメディが入った。はあと息を吐いた俺は、ふと隣の席に座る先輩を見る。

読売先輩は、真顔でじーっとスクリーンを見つめたまま、すこしも感情の変化を見せない。大画面からの光に照らされる横顔は、笑っているでもなく泣いているでもなく怯《おび》えているでもなく、ただ真剣に画面を見つめ続けていた。普段コロコロと表情が変わる先輩の思いもよらない顔。映画を観《み》たいだけ、という先輩の言葉は嘘《うそ》じゃない。今この瞬間には先輩の頭の中からは俺のことなんて消し飛んでいるに違いない。

そういうのいいな、と俺は思った。

そして、改めて俺は今、美人の女性と一緒に映画を観ているのだと気づかされる。

これってさ、陰キャな高校生男子にとって、現実に起こるような事象じゃないんじゃないか？　ここにいる俺って、ほんとに俺なんだよな？　なんとなく信じられない気分になりつつ、俺は映画へと意識を戻したのだった。

ちゃんと、観なきゃな。今夜は映画を観にきたんだしさ。

ブザーの鳴る音とともに部屋に明かりが満ちる。

目をしばたたき、俺は強張《こわば》った体をほぐして、深く息をついた。

おもしろかった。

あまりにラストが意外だったし、ちょっとばかり泣きそうになった。これは原作を買ってしまうかもしれない。

「明日、食事抜きかなぁ」

「へ？」

声に脇を見ると、読売《よみうり》先輩がポップコーンのバケットをこちらに傾けていた。中身は空っぽ。バケツサイズ完食ですか。

「夢中になると、手が機械的に動かない？」

「わかりますが、わかりかねますね」

「後輩君に預けておくんだったかなー」

「そのサイズは俺でもひとりじゃ無理だったと思うんですが。ああ、預かりますよ」

バッグを手に立とうとするので、自分のスポーツバッグを肩に掛けた俺は、先輩から大きな器を引き取った。ゴミはまとめて捨てましょう、だ。

「ありがと」

「そっちのカップも」

渡された空のカップを重ねて、ぜんぶまとめて上映室を出たところで捨てた。そのままふたりで出口へ。チケットゲートを通り抜けて映画館の外へと抜ける。駅へと並んで歩きながら映画の感想を話した。人通りはまだまだ多くて、いったい渋谷《しぶや》の街はいつになったら眠るのだろう、なんてふと思う。

途中にある駐輪場で俺は自転車を引き取り、待っていてくれた先輩を送って駅近くまできた。

「それじゃあ、もう夜も遅いんで」

そう言って別れようとしたときだ。

「もうちょっと付き合って」

ぽつりと先輩が言った。

そして黙ったまま歩き出す。

一瞬戸惑ったものの、俺は自転車を押しながら先輩を追った。駅の周囲を回るようにして歩き、有名な巨大オブジェを左手に見ながらなおも先へ。そこからは駅を離れる方向へと進んでいく。

「どこか寄っていくつもりですか」

「こっちに車を停《と》めてあるの」

「ああ」

そう言えば、読売先輩は車でバイトに来ていると言っていたっけ。車か。普通自動車の免許の取得は十八歳からだったよな。大学生なんだから、読売先輩が免許証をもっていてもおかしくはない。十八歳は越えているわけだから……成人しているかどうかはわからないけどさ。

そうか、来年の誕生日を迎えれば、俺でも免許は取れるということか。考えたこともなかったな。

「後輩君は免許取る？」

「うーん。どうですかね」

「最近の若い子は、あまり車に興味がないかあ」

「若い子って……先輩」

「でもさ、今でも成人した時には、男性の二人に一人は免許を取得済らしいよ？　どう、そう聞いても取りたくならない？」

「二人に一人がもっているなら、そいつに対価を払って乗せてもらえばいいかと」

言った瞬間に先輩がぽかんと口を開けた。すごく驚いたときの漫画みたいな顔を現実の人間がするとは思わなかった。

「なんとびっくり玉手箱」

現役ＪＤとしては如何《いかが》なものかという言い回しを先輩は時々口にする。本を読んでいる量が、たぶん他人よりはすこし多いと思っている俺でもわからないような。先輩、いったいどこで覚えてくるんですか、そんな言葉。

「おかしいですか？　合理的だと思うんですが」

「いやいや、合理的にもほどがあるでしょ」

「そうですか……。まあ図々《ずうずう》しいと思われないためには、対価には充分気を遣う必要があるとは思いますが」

「対価って……。いやそうじゃなくてさ。ほら、カノジョを家に送るのだって車があると便利だよぅ」

その発想はなかった。

「しかし、それだと、まずは彼女を作らないといけないから、陰キャの俺にはハードルが高い気もしますが」

「車があれば向こうから寄ってくるかもよ？」

「車があるだけで寄ってくる女性はイヤかなあ」

読売《よみうり》先輩が笑いだしてしまった。

「あっははは。それはほんとそう！」

そんな会話をしていると、俺と先輩の歩く前方に小さな森が見えてきた。

森——いや公園か。

「あの公園に接しているパーキングがあるの。そこに停《と》めてるんだ」

「店からそこそこ離れてるんですね」

「渋谷《しぶや》って意外とちょうどいい駐車場ないんだよね。それにしても、もう日付も変わるというのにまだ暑いねえ」

小さな手を顔の横で団扇《うちわ》のようにぱたぱたと振って先輩が言った。

迫る公園の木々は豊かな葉に覆われてこんもりと茂っている。

けれど、夜の闇の中では緑は黒と変わらなくて、都会の光を背景にして、ぽっかりとそこだけ闇がわだかまっているように見えていた。

近づくにつれて明かりも減って、人通りもすくなくなってきたから、先輩が俺を連れてきたのもわかるような気がするな。

突っ切ると早いと、読売《よみうり》先輩は車止めをすり抜けて中へと入る。

舗装された細い道沿いにぽつんぽつんと街灯が立っていた。光のコーンは途切れずに続いていて、俺たちの足下を辛うじて照らしている。風が木々の葉を揺らし、昼間の熱を残した空気をすこしだけ和らげてくれていた。

夜の無人の公園を先輩と俺とふたりきりで歩いている。

隣を歩く先輩がふと立ち止まった。

「ちょっと待って」

「あ、はい」

言われたとおりにおとなしく立ち止まる。

「送ってくれたお礼をしなくちゃね」

「えっ、そんないいですよ」

「遠慮しないでいいから」

言いながら読売先輩は歩道の脇に立てられていた自販機に近寄った。

縦長の箱の画面に突然に明かりが点《とも》り、いらっしゃいませと中性的な声で機械音声が話しかけてくる。

左の肩に下げていたショルダーバッグから先輩はスマホを取り出した。

飲み物のボタンを押してスマホを押し当てると、ガコンと音がして缶ジュースが受け取り口に転がり落ちる。それをもういちど。二本目も取り出すと、両手で手にしたアルミ缶のひとつを俺に差し出してきた。

「ほら」

「すみません。ありがとうございます」

自転車を片手で支えつつ、俺は右手で缶を受け取る。冷たい。充分に冷えているみたいだった。

「両手が塞がっちゃうか。スタンド立てるまで預かろうか？」

「これくらいなら平気ですよ」

俺は冷えている缶のプルタブを右手ひとつで器用に開けてみせた。

そのまま半回転させて飲み口を手前に向けると、軽く口をつけてひと口飲んでみせる。

喉の奥に冷えた泡が流れ落ちて胃に落ちていくのを感じた。流れ落ちる汗が瞬間止まって、ほうと思わず息をついた。おいしい。

「わお、器用なことをするねぇ」

「慣れてますから」

いちいち自転車から降りてスタンドを立てて自販機から買うのは面倒なので、俺はよく乗ったまま片手だけで飲み物を買ったりする。

「しまった。スマホでいまの撮っておくんだった」

「先輩、何する気ですか」

「動画保存して全世界に公開しようかと」

「プライバシーの保護を要求します。あと、そこまでの芸じゃないですって」

「そうかな？　意外と再生数を稼げるかもよ？」

にやりと笑ってから、ふっといきなり先輩は黙った。

「キミは、おもしろいし、ほんとに優しい」

「どうしたんですかいきなり」

「うん。ええとさ……」

躊躇《ためら》うように口篭《くちご》もる。俺は待った。

光っていた自販機の明かりが落ちて先輩の顔に影が落ちる。

ふたりともが口を閉じてしまうと真夜中の公園には静けさだけが満ちてくる。佇《たたず》む先輩の向こうには黒く墓標のように聳《そび》えるビルが見えていた。

「ねえ後輩君。キミに言わなきゃいけないことがあるの……」

「……言わなきゃいけないこと、ですか」

「そう。言っておきたいことが」

俺は先輩の言葉を待つしかなかった。いつもの明るい口調とはあまりに違っていたから。

空気が重く感じられて息苦しい。

「実はね……わたし、あと半年の命なんだ……」

一瞬、何と返せばいいか迷い、固まった。

俺の脳内で返答のパターンが幾つも幾つもシミュレーションされる。嘘《うそ》でしょう？　どうして？　何があったんですか。投げ掛けられた言葉の内容に思考を割かれて、俺は先輩の言葉そのものを見ていなかった。

言葉に詰まったまま俺は立ち尽くしていた。先輩の顔を見つめ続けた。

どこか試すような眼差《まなざ》しでこちらを見つめ返していた先輩だったが、一秒、二秒と時が経《た》つにつれて、表情に気まずさが滲《にじ》みはじめる。

「あー……ごめん。うそうそ。冗談だから、そんなガチで凹《へこ》んだ顔しないで？」

「そんな顔してましたか」

「してた。後輩君の寿命が縮まってそうな感じだったよ。映画の真似《まね》をしたつもりだったけど、さすがに悪趣味だったね」

俺ははっとなった。先輩の発した余命宣言の意味にようやく思考が及ぶ。そう、どこかでまったく同じ台詞《せりふ》を聞かなかったか？

「あ……さっきの」

「そういうこと。この夜の景色、そっくりだと思ってさぁ」

「そうか……夜の公園でしたね……」

なぜ気づかなかった俺。まんま同じだったのに。

「まあ、そのあとのシーンまでは再現できないけどさぁ」

「タイムスリップする能力は俺にはないですしね」

先輩が笑った。

「もしかしてわたしに映画のヒロインみたいなムーブを期待をしてるのかなと思ったんだけど。反応見る限り、違ったみたいだね」

「なんの話ですか？」

「キミってば、上映中さ、わたしのことチラチラ見てたでしょ？」

「えっ」

「どこ見てたの？　顔？　それとも胸かな？　それとももしかしてー？　さあ、素直に言いたまえ～」

「いやその」

俺は思わず言葉に詰まる。たしかに一瞬だけ映画を忘れて見てしまっていたし。

「あ、ホントに見てたんだ」

「ちょ！」

カマかけられた!?

そういえば先輩はいちども画面から目を放していなかったっけ。

「妙齢の女性をじろじろ見るのはどうかと思うなー」

「う……それはその……すみません」

俺は素直に頭を下げた。

「あはは。なーんて、うそうそ。謝らなくてもいいよ」

「いやでも」

失礼なことをしたのかもしれないと思っての謝罪だったのだが、先輩は手をひらひらと振って、それを遮った。

そしておもむろにこちらに片手を差し出した。

「あ、ありがとうございます」

飲み終わった缶を俺は手渡した。

「映画館ではキミがやってくれたでしょ。お返し」

言いながら自販機脇のダストボックスに缶をふたつとも放り込む。先輩が近づいたから自販機にふたたび明かりが点《とも》って音声案内が聞こえてきた。中性的な声が今回は妙に間抜けに聞こえてしまう。

先輩は「言いたかったこと」を呑《の》み込んでしまったように見えた。けれども、俺はそれを蒸し返すのを躊躇《ためら》ってしまって……。

歩き出した先輩を追うように俺は自転車を押したのだった。

公園を抜けて車を停《と》めているパーキングまで、俺と先輩は黙ったまま何も話さなかった。話題を探してはつまるところ言葉にするのをやめてしまって、ここまででいいよと先輩が言うまで何も言葉にできなかった。

結局、口に出せたのは別れ際のひとこと。

「あ、この前教えてくれた音楽。ありがとうございます。綾瀬《あやせ》さんも喜んでました」

「話題に困って、それが出るかー」

先輩が笑う。

「え？」

「いやいや。仲良しな妹ちゃんによろしくね」

そう言い残してパーキングの中へと消えた。俺は去っていく先輩の背中をしばらく見送ると、自転車を返して帰途へとついた。

帰り際のやりとりを何度か思い返しながら自転車を漕《こ》ぐ。何をどうするのが正解だったのかさっぱりわからない……。

家に帰るとリビングの明かりが点《つ》いたままになっていた。

見れば、勉強中の姿のままテーブルにつっぷして綾瀬さんが寝ている。開いたノートに片頬《かたほお》をくっつけたまま熟睡していた。寝息がエアコンの立てる音の中でかすかに聞こえてくる。

なんで自室じゃなくてリビングで？　そう思いつつも冷房の風に晒《さら》されている綾瀬さんを見て風邪ひいたらまずいなと心配になった。起こすことも考えたけれど、綾瀬さんは勉強中に寝てしまったと俺に知られるのを嫌がるかもしれないとも思う。結局、タオルケットをもってきて肩にかけてやった。そのとき片耳のイヤホンが外れていて、起《た》ち上《あ》げっぱなしのスマホからローファイ・ヒップホップが流れていることに気づいた。

ああ、ちゃんと聴きながら勉強してるんだな、と思う。学習効率が上がっているかどうかまではわからないけどさ。

あまり他人に自分の価値観や思いを押しつけるのは好きじゃないけど、こうしてオススメしたものを気に入ってくれるのは、素直にうれしいもんなんだな。俺はいまようやくそれに気づいたかもしれない。綾瀬さんの役に立てたならよかったよ。おいしいフレンチトーストのお返しにはまだまだ足りないけどさ。

熱中症にならない程度にエアコンの温度をすこしだけ上げてから、俺は就寝前の準備に取り掛かった。風呂に入り、歯を磨いて、水を飲んでトイレに行く。寝る前に、もう一度リビングの様子をうかがうと、綾瀬《あやせ》さんはまだ寝ていた。

エアコンが効いたままだと喉が乾燥してしまうかもしれないし、起こすべきだろうかと一瞬迷うが、結局やめた。綾瀬さんのことだ、このまま朝まで寝込むなんてことはないだろう。既に昨夜にやらかしているのだし。

案の定、自室に入ったとき、扉越しにスマホの鳴らすアラームの音が聞こえた。

綾瀬さんが起きたリビングの気配を感じながら俺はさっさと寝る。寝顔を見られたなんて知られたくないだろうしさ。

寝たふりをしているつもりだったけれど、バイトとレイトショーのコンボは予想以上に疲労を蓄積させていたようで、あっという間に俺は睡魔にさらわれていた。

夢の中、古めかしいノイズまじりの音楽がずっと耳元で鳴っていた。

## ●7月19日（日曜日）

目が覚めてすぐに枕もとの時計を確認してしまった。

7時半。俺はすこしだけほっとした。日曜の朝の起床時間としては充分に早い。思い切って起きることにする。眠りについた時間こそ遅かったが、かなり深く眠れたみたいで頭のなかはすっきりとしている。

リビングに行くと、さすがに親父《おやじ》と亜季子《あきこ》さんはまだ寝ていた。けれど予想通りに綾瀬《あやせ》さんはもう起きている。

すでに身支度を完璧に整えていて、家の中だというのに隙がまったくない。肩の見えるオフショルダーの服の上にシアー素材のプルオーバーを羽織っていた。

「おはよう、綾瀬さん」

「おはよう、浅村《あさむら》くん」

そう言いながら綾瀬さんは立ち上がる。ゆったりとした白い上掛けは腰の上あたりで絞られて同じ素材のリボンがついていた。下は赤いホットパンツだ。

「ああ、自分のぶんは自分でやるよ。もう、食べ終わっているんでしょ？」

すでに食事を終えて珈琲《コーヒー》を飲んでいた綾瀬さんを立たせるのは忍びない。そのまま座ってもらった。

「いま終わったところだけどね。それは浅村くんの」

テーブルの上に並べられた料理をそう言いながら指さした。

「これを温めればいいんだね？」

綾瀬さんが指さした皿を俺は電子レンジに持っていこうとした。そこで固まる。これ、温めるのか？　それとも冷やしたままでいいのか？　そう悩んでしまったのも、浅いスープ皿を手にもった瞬間にひんやりと冷たさを感じたからだ。

「そのままでいいから。冷えたままのほうがおいしい。というか、いま冷蔵庫から出したところ」

俺が起き出した気配を感じて用意してくれたということなんだろう。綾瀬さんは相変わらず気が回る。

スープ皿の中身を見ると、黄色がかったとろりとしたスープだった。

「何のスープ？」

「かぼちゃ」

「……かぼちゃが採れるのって夏から秋にかけてじゃなかったっけ？　へぇ、もう食べられるんだ」

「そうなの？」

「夏に採れて秋に食べるってどこかで読んだ覚えがある。採れたては甘くないから寝かせるんじゃなかったかな。万聖節の前夜祭《ハロウィン》には、かぼちゃのランタンを飾って、かぼちゃ大王の来るのを待つだろ」

「なにそれ」

「『ピーナッツ』を知らない？　『スヌーピーとチャーリー・ブラウン』って言えばわかる？」

「ああ。ライナスの毛布ね」

「そっちが出てくるのか……」

チャーリー・ブラウンの親友ライナスはお気に入りの毛布を常に手放さない。ブランケット症候群なんて言われたりもするけれど、誰にでもお気に入りはあって手放せないものはある。

他人にとっては塵《ちり》にさえ見えるものが宝物だったりする。誰にでもだ。綾瀬《あやせ》さんにもきっとあるんだろう。

大人から見れば汚く見えて捨てられたりもする。そうされると、さらに執着が増してしまったり。

不意に母親の怒り顔が浮かんできて、俺は心のなかで首を振って打ち消した。

「——まあ、今はどんな野菜もいつでも食べられるから不思議はないか。でも、かぼちゃってこんなにきれいなスープになるんだね」

まるで淡く色のついた神酒のよう。

「かぼちゃと玉ねぎに熱を通してから、ミルクと生クリームを加えてフードプロセッサにかけてる」

俺が興味を持ったことに反応して綾瀬さんはざっくりレシピを説明してくれる。

興味を持ったからと言って、いきなり料理を作るのが好きになったりするほど人間は変われる存在じゃないけどさ。出前と弁当の生活が変わらなくても、どこかで役に立つかもしれないじゃないか。

レシピを頭の隅にメモしながら、俺はパンをトースターに放り込んだ。

「休日の朝に二枚って珍しいね。……って、余計な詮索だったらごめん」

「綾瀬さんも亜季子《あきこ》さんも、食事を作ってくれているだけじゃなくて、細かいところまで気にしてくれているからさ。詮索だなんて思わないよ」

俺がそう言うと、綾瀬さんはすこしだけ気まずそうな顔になった。

いちど聞いたひとの好みを忘れない綾瀬さんだけど、たぶん誰にでもそうだというわけじゃない。それは極端に友人関係を絞っていることからもわかる。好かれたいからそうしているわけじゃなくて、大切に思っているからだと。

大事な母親の再婚相手の息子だからというレベルの大事さだとしても、俺としては光栄に思うところであって、迷惑とは決して思わない。

「なんとなく聞いてみただけだから」

聞こえるか聞こえないかの声でつぶやいたけれど、なんとなくのわりに照れているように見えるのは気のせいか。

場面だけを切り取ればラノベやアニメでありそうな一幕で、だけどきっと真実はそんなに甘酸っぱいものではないはずだ。ただの親切や人としての情が滲《にじ》んだ結果の恥じらいや優しい行動を読み違えたとき、不幸な好意のすれ違いや悲しい一方通行の感情が生まれてしまう。

俺は綾瀬《あやせ》さんの行動を読み違えないように気をつけている。ふだんから気を張っている。だから間違えない。だが、仮に読み違える人がいても仕方ない、とも思う。

現実はアニメでもなければ漫画でもない。なのに似たような場面に遭遇すると俺たちはどうしても勘違いしてしまうんだ。これはもう、人として仕方ない習性なんだ。

俺だって、昨夜の読売《よみうり》先輩の余命告白に頭が真っ白になったし。不意打ちは無理。

「で、トーストの枚数ね。さすがにフルタイムでバイトが入っているとお腹《なか》が空《す》くからさ。昨日は失敗した。トースト一枚でさらに昼を抜いて行ったら、休憩までずっと腹が鳴りっぱなしで」

すこしおどけたように言いながら俺は椅子に座る。

「お仕事、お疲れ様です」

「いえいえ。どういたしまして」

すこし大仰なやりとりのおかげで、雰囲気がいつものようにフラットに戻る。これも気まずさを取り除くための儀式ってやつかな。

トースト二枚とかぼちゃのスープのほかには、レタスとチキンのサラダが大皿に盛りつけられてテーブルの中央に置かれていた。窓から入る朝の陽《ひ》ざしに照らされガラスの器の縁が光っている。

「ドレッシングはお好みでどうぞ」

「ありがとう」

綾瀬さんは元のように珈琲《コーヒー》を片手にスマホへと視線を戻した。イヤホンを付けていないから、何か調べものでもしているのかもしれない。

まずは、かぼちゃのスープを飲んでみようか。

俺はスプーンですくってひと匙《さじ》だけ口に入れてみた。鼻先をかすめたときからほのかに香りはしていたけれど、舌の上を滑ると、まさにかぼちゃの味。もともと熟れたかぼちゃは柔らかいものだけど、フードプロセッサにかけてあるから、まるでスムージーのように滑らかになっている。甘いのだけれど喉越しがよくてさっぱりとしている。これは確かに冷たいままで正解。旬でなくとも暑い季節に飲みたいスープだと思った。

「あのさ」

サラダチキンを頬張《ほおば》っていると、不意に綾瀬《あやせ》さんが声をかけてきた。

ん？と俺は視線を上げる。

「昨晩、タオルケットをかけてくれたの、浅村《あさむら》くんだよね」

「あ、うん、まあ」

素直に答えると寝顔を見たことがばれてしまう。

しかし、ここで変に取り繕うのは悪手だと今の俺にはわかっている。

下着を部屋干ししていた綾瀬さんの部屋を偶然見てしまって冷や汗を流したのはわずか一ヶ月ほど前のことなのだ。にしたって「うんまあ」なんて応対が最善手かと問われれば苦笑するしかないわけだけど。何かを隠したかった気持ちが残ってしまっているじゃないか。

「やっぱりそうなんだ」

「補講を避けたいのはわかるけど、再テストのときに体調を崩してもまずいと思って」

「だね。うん……ありがとう」

「お礼を言われるほどのことじゃないかと」

それに、それを言うなら食事の支度を任せてしまっている俺はさらに礼を言わなければならないし。そしてそう思うなら手伝えよ、という話になるわけだが、一ヶ月ほど前にもちろんその結論には達していて、けれど俺の申し出は綾瀬さんにやんわりと断られてしまった。

どっちもやらないとか、どっちもやるだと、わかりやすくて助かるんだが、こういう不均衡さはどこでバランスをとれば良いものか。

ギブ＆テイクはギブを多めに。思《おも》うは易《やす》く行《おこな》うは難《かた》しだ。学習効率を高める方法って音楽以外にも何かないかな。

「昨日の夜、映画行ったんだって？」

不意打ちに俺は思わず声を詰まらせた。

「ええと……まあ。観《み》たかった映画がこの週末で終わりそうだったんでレイトショーでね。観てきた。でも、どこからそれを？」

「太一《たいち》さんがすっごく嬉《うれ》しそうに。『悠太《ゆうた》の初めての夜遊びだよ！　あいつは、真面目すぎるくらい真面目で、すこしばかり理屈っぽくて硬すぎるんじゃないかって心配してたけど、いやあ、年頃になったんだな！』って夕食の間ずっと……」

「言い方！」

そして一言一句覚えてる綾瀬さんの記憶力はすごくないか？

「バイト先の先輩となんでしょ？」

「そうだけど、夜遊びなんて大げさだよ。たまたま観たい映画が重なっただけで。というか、先輩に教えてもらうまで、そもそもレイトショーで観るなんて、俺の発想にはなかったからね」

「ふうん」

「『蒼《あお》い夜の隙間』って小説知ってる?」

あ、と綾瀬《あやせ》さんが小さく頷《うなず》いた。

「聞いたことがある。そういえば映画のＣＭを見たことがあるかも」

「綾瀬さん、テレビを見ないのによく知ってるね」

「ネットでも流れるから」

今度は俺のほうが頷く番だった。

宣伝は客のいるところに投下されるものだ。俺たちの世代はテレビを観《み》なくなっても、ネットは見る。ならば広告だってネットに入り込んでくるだろう。

「どうだった?」

綾瀬さんが問いかけてきた。

どうって、映画の感想だよな。

「えっ?　うーん、そうだな。悪くなかった」

俺は映画について覚えていることを綾瀬さんに話した。

いわゆるライト文芸に属する小説が原作で、ふとしたことで知り合った高校生の男女の恋愛ものであること。笑いどころを盛り込みつつ、徐々にシリアスさを増していく話であること。エンディングのどんでん返しに思わず引き込まれたこと。

「一週間に一度、真夜中の公園でだけ会える少女がいる。その少女は実は同じ高校の同級生なんだけど昼に会うと知らないフリをされてしまう。真夜中に出会うときだけ、まるで別人のように親しげなんだ。ふたりは出会いを重ねるうちに互いに惹《ひ》かれ合っていくわけ。そんなある日の夜。彼女は彼に告げる――」

そこでいちど思わせぶりに溜《た》めを作ってから言う。

「『わたし、あと半年の命なんだ』」

綾瀬さんが思わず息を呑《の》んだ。うん、いきなり言われると、びっくりするよね。俺も読《よみ》売《うり》先輩に言われたときさすがに驚いたし。

「で、そこから先がクライマックスになるんだけど、これ以上はネタバレになるから言わない」

丸《まる》じゃないけど、知らないうちに俺はけっこうな早口で捲《まく》し立《た》てていた。ということは俺は「悪くない」どころか、かなり感動していたらしい。原作を買ってみようかと思ったのだから、それも当然か。

「ありがとう。おもしろそうだね。映画についてはわかった」

「だろ？　綾瀬さんに再テストがなければ、まだ今日までやっているからぜひ観てほしいと勧めていたところかな」

「テストが終わるまでは」

「だよね」

「原作があるならそっちを読んでみようかな。現代文の成績をしっかり上げるためには、やっぱりちゃんと本を読むことも必要だと思うし」

「さすがにラノベはテストに出ないと思うけど」

ライト文芸がラノベなのか文芸なのか知らないけどさ。

「でも、そもそも私は小説も漫画もあまり読んできてないもの。ある程度までは数をこなすことで上達するものじゃない？」

「それは確かに」

ただ、正確に言えば綾瀬《あやせ》さんは現代文という文章を理解することが苦手なわけじゃない。彼女が苦手なのは自分とちがう思考をする人間の放つ文章だ。好きなのにバカと罵ったり、愛してるの代わりに殺してやると叫んだり。

そう言ったら綾瀬さんはすこし不満げに返してくる。

「素直にそのままを言えばいいのに」

「人の振る舞いは人の数だけあるものだからね。だからこそ、ドラマが生まれるんだし」

恋に落ちたふたりが冒頭で素直に自分の感情を言葉にしていたら、そこでお話は終わっていた。そういう小説や漫画やアニメは山ほどある。すり合わせをしないからすれ違いが起こる。そこから悲劇も喜劇も生まれる。ドラマティックなラブストーリーは誤解とすれ違いを幾度も繰り返して進んでいくものだからさ。

「その感情って理解できないなぁ」

「まあだからこそ、そこはブラックボックスにして、テストに出そうな名作の周辺情報を把握することで答えを導き出そうって戦略をとっているわけだし。で、どうかな。成果は出そう？」

「摸擬《もぎ》問題をやってるけど、前よりは点が取れていると思う。確かに浅村《あさむら》くんの言ったとおりみたい。名作文学の解釈ってけっこう出回っているんだね。それと、時代背景と作品の関係とか。覚えておくだけで答えを絞り込める」

「テストだからね」

そこだけは言っておこうと思ってた。

「どういうこと？」

「俺たちがやってるテストなんて、答えの出ない問題は出てこないってこと。オープンエンドって知ってる？」

「ひらいた結末」

「それ、直訳しただけでしょ」

真面目に答えてるんだろうけど。いや、真面目に答えてるからおかしくなるのか？

綾瀬《あやせ》さんはボケてるつもりはないんだろうな。

「たまに映画とかにもあるよね。主人公がどうなったのかわからないまま終わるとかさ。そういう、観客の想像に任せるようなはっきりしない結末を言うんだ」

「あれ、嫌い。ストレスが溜《た》まるんだもの」

「言うと思った。で、そういうところは試験に出ないんだよ」

そしてそれはエンディングに限らない。作者がわざとはっきり書かない、読者の想像に任せているところなんて山のようにあって、そこをどう読み取るかでいまだに議論百出している名作なんて枚挙にいとまがない。でも、そこはテストに出たりしない。さすがに答えが読者ごとに違うのでは採点ができないから。

「それもそうか」

「だから、解釈の結果が読者に左右されない……少なくとも差があまり出ないような箇所がテストでは採用されてるはずなんだ。『選択問題で選択できない問題は出ない』ってどこかの予備校の名物教師が言ってた」

思考の過程の明晰《めいせき》さや創造性、独自性を問うような記述式の問題はまた別だけどさ。

「身も蓋もないけど、納得できる」

「だろ」

ただ、本を読むおもしろさにそういう曖昧さがあるのも確かだ。曖昧だからこそ、自分の創造力を刺激される部分が。

忖度《そんたく》を排したフラットな付き合いを好む俺だけれど、読書によって単に知識が増えるのみならず多様な物の見方ができる。視野狭窄《きょうさく》を避けられるってだけではなく、思索を深めたり創造性を刺激されたり、そういう思考の地平線が広がっていくような感覚もある。

だから綾瀬さんにも、本を知識欲だけで読んで欲しくないとも思う。押しつける気はないけどさ。

「で、読売《よみうり》先輩とは付き合ってるの？」

食後の珈琲《コーヒー》を噴きそうになった。

なにがどうして「で」なの。

じっと見つめられていることに気づいて俺は思わず居住まいを正した。検事に追及される被告人のごとく何故《なぜ》か神妙に答えていた。

「読売先輩とはそういうのじゃないよ」

「そう？」

「そう。バイト先の先輩ってだけで」

「ふうん」

「先輩も本好きだしさ。話が合うんだよ」

「浅村《あさむら》くんも普段から本を読んでるものね。その差がどうしても出るのかな。そう……やっぱり本を読まないと……本を買いに行くかも」

言ったあとで、綾瀬《あやせ》さんはなぜかはっとしたような顔になり、ええと、と言葉を濁した。

「かも、だけどね」

「本好きが増えるのは歓迎するよ。まずは再テストだと思うけど」

「え？　あ。うん、まあ。……そうだね」

そう言いながら綾瀬さんはふたたび視線をスマホに戻した。ワイヤレスのイヤホンを耳に押し込んでそのままノートを広げる。

どうやら勉強モードに入ったようだ。

俺は食事を片付けると、食器を食洗器に放り込んでから自分の部屋に戻った。

今日も昼からバイトがフルタイムで入っている。

昨夜は帰宅してからベッドに直行してしまったから、今のうちに宿題を片付けないとやばい。

明日が提出期限の宿題を終わらせるべく必死になった。没頭しすぎて、スマホのタイマーが鳴るまでバイトの時間が迫っていることに気づかなかった。

おかげでまた昼飯を食べ損ねた。

冷房の効いたマンションから外へと出たら途端に夏が戻ってきた。

照りつける日差しの強さに目をしばたたく。お日様にあぶられて焦げたアスファルトの匂いがした。まだ昼前だというのに今日も気温はすでに三十度を超えている。三日連続の真夏日だ。

日曜の渋谷《しぶや》駅前はいつもと同じように人でいっぱいだった。店にたどり着き、バックヤードで着替えてから店内へと入る。

今日も12時から午後9時までフルにバイトだ。

「やあ、後輩君」

入った途端に読売《よみうり》先輩に声を掛けられる。レイトショーにふたりで行ったことなどおくびにも出さず、態度もいつも通り。そのほうが俺としても気楽ではあった。なんてところがコミュ強《きょう》ってことなんだろうか、この人の。

「先輩、こんにちは。それは補充ですか」

「そう。手伝ってくれる？」

「はい」

読売先輩は段ボールを積んだ台車を押していた。積んである箱を覗《のぞ》くと重そうな雑誌が幾つも入っていた。

今日は俺もレジ打ちを逃れることができた。

仕事は空いたスペースへの本の補充と棚の整理が中心だ。

手が空けば、本に掛ける紙のカバーを折ったり、返品を段ボールに詰めたりもする。

バイトとはいえ本屋の仕事は無限にある。

さすがに注文書を書いたりまでは担当できないけれど、それでも信頼されれば読売《よみうり》先輩みたいに足りない本を進言したりもできる。

「女性誌ですか……。今月も大変そうですね」

「そそ。本の扱いで苦労するトップスリーには入る難物」

「付録、でかいですもんね」

近年の女性誌や婦人誌は大きな付録が付くことが多い。

アルファベットか角ばった漢字のロゴと、ターゲットとなる層の女性モデルが表紙を飾っているのが女性誌や婦人誌というジャンルの雑誌だ。これらの雑誌は本そのものが大きくて厚くて重い。

そんな雑誌に大きな付録が付くわけだ。

付録の中身はエコバッグだったりちょっとした化粧品のサンプルだったりお洒落《しやれ》なポーチだったりする……。

分厚い雑誌に大きな付録が付いてくると、そのふたつがバラバラにならないよう、まとめなくちゃいけない。

方法は大きくふたつ。紐《ひも》やテープで縛るか、輪ゴムで留めるか。どちらにも一長一短がある。

紐やテープで縛るとばらけにくいが、きつく絞ったときに本を傷める可能性がある。輪ゴムは簡単だが外れやすい。そして付録が付いてないことに気づかずに販売してしまうと、お客様からクレームがくるわけだ。

まとめてシュリンクしてしまえば解決するのかもしれないが、付録込みで厚さが数センチにもなる大型雑誌を丸ごとシュリンクして売っている書店はあまり見ない。俺が思うに、たぶん、コストが割に合わない。

「梱包《こんぽう》しやすいように雑誌と同じサイズにしてくれるのは有り難いんだけどさー。重さのバランスまでは考えてくれないよねぇ。ほら、持ってみて」

「っと！　急に渡さないでください……これはまた偏ってますね」

「そうなんだよう」

雑誌と同じサイズのボール紙の薄い箱の付録だけれど、重さが極端に手前に偏っている。

「これ、中身は何ですか？」

「宝石箱みたい」

「は？」

表紙を見るとアクセサリを入れる箱のようだった。さすがに雑誌の付録に宝石は入れないだろう。表紙を飾る煽《あお》り文句は華々しいが要するに小物入れだ。

「これ……優良誤認って言われませんか?」

「だいじょうぶじゃないかな。ちゃんと宝石箱『みたいな』って書いてあるし」

「いやそんな」

落語じゃあるまいし。

「外箱は大きいけど、中身は手前の三分の一くらいのところに入ってるわけ。だからすっごくバランスが悪いんだよう」

「なんで真ん中に入れなかったんですかね」

「箱を先に作っちゃったのかもね。で、予想より小物入れが重かった」

「ああ……」

本当のところはわからないけれど、先輩の推理には納得できた。

「ただでさえ重いのに、ここまでバランス悪いとさぁ」

「積むのが大変ですね」

「それでも売れてるから積まなくちゃいけない」

「やってみましょう」

雑誌の平台まで来て予想どおりだったと唸《うな》る。

段ボールから取り出して一冊ずつ積み上げると、隣の雑誌のタワーよりも、三分の二ほどまでしか積めない。それ以上は、積んだ途端に手前に向かって滑り出した。落ちる前に辛うじて受け止める。雑誌の表紙がつるつるの硬質紙だから、バランスが狂うとタワーが崩れやすい。

「やっぱりダメだよねぇ」

「無理ですね。一冊ずつ上下をひっくり返して交互に積めば可能かもしれませんが」

「それ、一冊売れるごとに表紙の文字が読めなくなっちゃうわけでしょ。だめだめ」

「ですよねー」

だから厄介だというのだ。

悩んだ末に、半分ほどまで上下をひっくり返して積んで安定を確保してから、その上に、表紙のロゴが読めるように積み上げた。

これならある程度売れても、上下がひっくり返してあるところに到達する前に補充をしてしまえば問題がなくなる。そして在庫が切れたら、下の部分を積み直すわけだ。手間は増えるが、周りの雑誌より凹《へこ》んでるのは体裁が悪すぎる。

周りの減っている雑誌タワーも補充して積み直した。

「よし。これで一段落ですかね」

段ボールに詰めてあった雑誌をひととおり、減っているタワーに補充してから顔をあげた。読売《よみうり》先輩からの返事が返ってこなかったからだ。

先輩は俺のほうを見ておらず、本の棚の一角を見つめていた。

「あの子、なにか探しものしてるね。ちょっと聞いてみようか」

先輩の見つめている視線を追う。手前の雑誌の棚ではなくて、もっと遠くの棚を見つめていた。そこでうろうろしながら首をかしげている少女がいた。

明るい髪、店内の照明を返して時折ちらりと耳元で光るピアス。

どこかで見たような、と思っている隙に、もう読売《よみうり》先輩はツカツカと彼女に歩み寄って、はきはきした書店員モードの声を掛けていた。

「何かお探しものですか？」

びくりと背筋が跳ねて少女が振り返る。

「あ、あの、本を探していて——」

「あれ？　綾瀬《あやせ》さん！」

思わずあげた声に読売先輩が振り返り、まだ遠くにいた少女も顔をこちらに向けた。

一瞬、俺のことがわからなかったようだ。

それもそうか。この店のエプロンを着ているところなんて、綾瀬さんは初めて見るはず。

あ、の形に綾瀬さんの口が丸まって、読売先輩はそのときにはもう、獲物を捉えたネコ科の猛獣のごとくに突進していた。

あの先輩がおもしろいネタに食いつかないわけがなかった。

「本をお探しなんですね。お手伝いしましょう。ぜひさせてください！」

「えとその。はい。ありがとうございます」

「まっかせて！」

陽キャなギャルの口から丁寧語が飛び出し、真面目な文学少女風の書店員が好奇心まるだしの声をだしていた。

読売先輩、地が出てます……。

俺は空になった台車を転がしながら慌てて近寄る。

「ね、あなた、彼の妹さんなんでしょう？」

俺のほうを指さしながら綾瀬さんに訊《き》いていた。

「あ、はい。そうです、けど。ええとあなたは……？」

「読売栞《しおり》。よろしくね」

ああ、あなたが、と綾瀬さんが納得した顔になる。

「あー！　ほんとに後輩君の言っていたとおりの美人さんだね！　かわいいねぇかわいいねぇ」

「どこの呑《の》み屋のオヤジですか、読売先輩……」

「ほう。未成年のはずのキミは呑み屋に行ったことがあると？」

近づいた俺に読売先輩が突っ込んでくる。これに応じたら色々負けだ。俺は一般的なイメージですと突き放した。

「それより綾瀬《あやせ》さん、どうしてここに？」

今日は一日勉強漬けだと思ってた俺は、よく考えてみれば別に不思議でもないことを不思議そうに聞いていた。

「本を買いに来たんだけど――」

「後輩君。とりあえずそれを返してきなよ」

台車を指さして言われ俺ははっとなる。

考えてみれば今はバイト中だ。業務が優先。俺は後ろ髪を引かれつつも台車をバックヤードに返しにいった。

全速力で売り場に戻る。

同じ場所でふたりは何やら話していた。

「――なるほど、そこまで大きいと」

「ふつうじゃないですか？」

「ふつうだっていうひとほど、ふつうじゃないよね――」

「おっ、後輩君早かったね、二分フラットだよ！」

何の話だ？

「はあはあはあ。は、計ってたんですか……」

なんつー、暇な。

「それって、勘って言いませんか？　っていうか、台車を持ち出したのは先輩のほうでしたよね？」

「腹時計だけどね」

「勘のいい後輩は嫌いだよ」

「そういう台詞《せりふ》はどこかの錬金術師にでも言ってください。はあ。……で、綾瀬《あやせ》さんの探してる本は聞いたんですか？」

「まだ」

しーごーとー！

「あの、浅村《あさむら》くん。私、参考書を探しに来たんだ。ちょっとないと困るところがあって。あとあれ。昨日観《み》たっていう映画。ついでに、あれの原作も買おうと思って……」

なるほど、それなら勉強を中断してでも買いに来るのはわかる。

と、アニメや漫画の鈍感系主人公なら単純に納得してしまうところだ。だが人はたったひとつの動機で行動するほど単純な生き物じゃない。行動に動機がひとつだけなんていうのはリアルじゃない。綾瀬さんの言ったことは嘘《うそ》じゃないだろうけれど、この場合だったら……そう、家族の仕事先が気になった。なんて可能性も重なっているのかもしれないな。

綾瀬さん、読売《よみうり》先輩のこと気にしてたみたいだし。

「あら。妹さんもあの映画に興味を？　だったら今日が最後だよ。わたしがレイトショーに付き合ってあげようか？」

「あ、それはちょっと」

「綾瀬さんは勉強があるんですよ。先輩、悪の道に誘わないでください」

「悪の華が綺麗《きれい》なのは人の血を吸って育つから……」

「効率が悪いですね。光と水だけで済むまっとうな花たちのほうが優勢になるわけです」

「おっと、厳しい返しが。まあ、冗談はこれくらいにしようか」

「冗談を言ってたのは先輩だけですけど」

「わたしたちには書店員としての仕事がある」

「先に放棄したのは先輩ですけど」

「後輩君。業務中に無駄話をしている暇はないの。一刻も早くこの迷えるお客様を導かなくちゃ！」

「……異存はないです」

というか、俺たちのやりとりを聞いて、周りのお客さんたちが笑ってるんだけどな。

一刻も早く俺はこの場所から動きたい。

「というわけで、後輩君の妹さん、あなたの探してる本だけど――」

「沙季《さき》です」

「ん？」

「綾瀬《あやせ》沙季《さき》です」

「綾瀬？」

「浅村《あさむら》沙季でも構いませんけど、それだと浅村くんと区別がつかないでしょうから、名前でどうぞ呼んでください」

綾瀬さんが『浅村沙季』と自分から名乗ったのは、おそらく、このときが初めてだと思う。俺が耳慣れないその呼び方に新鮮さを感じたのは確かだ。でもそうか。理屈では俺も『綾瀬悠太《ゆうた》』と呼ばれる可能性もあるわけで。そう自己紹介したら、綾瀬さんもこの新鮮さを感じるのかな？

「ふむふむ。だから浅村くんも『綾瀬さん』って呼んでたんだねー。じゃあ、沙季ちゃんって呼ばせてもらうね。で、参考書なんだけど、それはあっちの学習本のコーナーのほうだよ。だから小説のほうから先に探しちゃおうか」

「はい。それと……浅村くん」

俺のほうを見て綾瀬さんが言う。

「他に何かお勧めの本があったら教えてほしいの。浅村くんが面白そうだと思う本でいいから」

「俺が？」

綾瀬さんが頷《うなず》いた。

「たくさん本を読んでいる浅村くんのお勧めなら間違いないかなって。映画だと何本も観《み》るにはちょっと高すぎるけど、文庫くらいの値段なら何冊か買ってもだいじょうぶだし、文章を読むっていう勉強にも使えるから」

「そう、小説の良さのひとつはコストパフォーマンス！　わかってるね、沙季ちゃん！」

「最近は映画のサブスクもありますけどね」

しかしそうか。本を買うか買わないかをみんなは値段で決めるものなんだな。

バイトのおかげで趣味に費やす費用を確保してきた俺は、本の値段を気にするのは最後だった。学術専門書でもない限りはふつうは万を超えないしさ。

けれど、そう思うのは俺がかなりの本好きだからだ。丸《まる》にも、おまえは本当に本以外には興味がないんだな、と呆《あき》れられたことがある。確かに俺は綾瀬さんのようにお洒落《しやれ》にはさほど興味がない。ブランド服の値段を高いって思うほうだ。つまるところ物の価値なんて人それぞれだ。アニメのBD‐BOXを幾つも買い漁《あさ》っている丸には言われたくはなかったけどな。

「でも、いきなりお勧めと言われても難しいなあ。綾瀬さんの興味の対象がわからないし」

「『蒼《あお》い夜の隙間』が気になるんだったら、それと似た傾向の本から勧めてみればいいんじゃないかな？　それが合うか合わないかで、また次の本を決めればいいでしょ」

「あ、なるほど……」

読売《よみうり》先輩の助け船に俺は思わず感心してしまった。さすがに書店勤めの先輩でもある。

「じゃあ、ライト文芸の中から幾つか選んでみるよ。あんまり非日常性が強くないほうがいいのかな……。っと、その前に原作だね。まだあるかな？」

「せっかくキミがセットしてくれたんだけど、さすがにもう面陳にはなってないから棚差しになってるはずだねぇ。まあ、棚差しで一冊だと見逃しちゃうお客様も多いから、ワンチャン――」

そこで読売先輩に副店長から声が掛かった。完璧な外面を用意して振り返った読売先輩に、レジ係が足りないから入ってくれ、との無情のお達《たっ》しが。観念と諦念が入り混じった顔をして、先輩は「はい」と答える。

俺たちに軽く会釈をしてレジへと向かった。先輩、あなたの教えは忘れません。どうか強く生きてください。

「もしかして、レジって大変なの？」

「俺は大変だって思ってる。すり合わせを担保できない人との瞬間的なコミュニケーションが延々と続くわけだから」

そう言ったら、綾瀬《あやせ》さんは顔をしかめて両腕を抱えてさすっていた。いやそこまで怖がらなくても。

ライト文芸の棚まで連れて行って原作小説を探した。棚差しの目立たなさを憂えるべきか、この時ばかりは感謝すべきか、最後の一冊はまだ売れ残っていた。みんな見つけられなかったんだな。

「あとは、この辺かな……」

「あ、これ、漫画で読んだことある。小説が原作だったんだ……」

「メディアミックスされてるようなヒット作なら、とっつきやすいかなって思ってさ」

面白く読めるかどうかには本との相性もあるけどさ。

「学習本のコーナーはあっち。正面の柱に大きく『バイト募集』って書かれた店のポスターが貼ってあるよね。照明で光って読めないかもしれないけど。あの柱の右手側にある棚だよ」

「ああ、うん。わかった……と思う」

「わからなかったら、近くの書店員に尋ねるか、ここに戻ってきてくれれば俺が連れて行くよ」

「だいじょうぶ。そこまでしてくれなくていいよ。仕事中なんだし」

「わかった。じゃ、俺は仕事に戻るから」

「仕事に戻る、かあ。うん。そのエプロン、似合ってるよ」

「それは……どうも」

いきなり褒められると嬉《うれ》しさよりも戸惑いのほうが先立つもんだな。このまま学習本のコーナーまで連れて行ってあげたいところだけれど、もうだいぶ綾瀬《あやせ》さん相手に時間を費やしてしまっている。これ以上はさすがにまずい。

映画の原作小説と、俺が勧めた文庫二冊を持って綾瀬さんは学習本のコーナーへと向かった。目印のポスターを確認してから綾瀬さんは右手の棚のほうへと消える。それを見送ってから俺は棚の整理に戻った。

しばらく仕事に没頭していると背中から綾瀬さんに声を掛けられた。

振り返ると、学習参考書らしき厚い本を一冊増やした綾瀬さんが立っていた。

「これを買って帰るから。仕事中なのにありがとう」

「いやこれくらい、お安い御用だよ」

レジへと向かう綾瀬さんを見送ってから残りの片づけをしようとしたら、今度は脇から声を掛けられる。

「ねぇ、店員さん。レジはどっち?」

振り返ると、年配のおばあさんが分厚い雑誌を抱えて立っていた。抱えている雑誌の重さで腕が震えてる気がする。

おばあさんはキャスター付きのキャリーバッグを引いていたけれど、購入前の商品をそこに載せるわけにはいかないと思ったのだろう、片腕に抱えて持っている。だいじょうぶかな。

「レジは、この列をまっすぐ行ってから左に曲がったところにあります。あの……レジまでお持ちしましょうか？」

「そんな悪いわ……お願いできる？」

「はい。いいですよ」

受け取った雑誌は例の小物入れが付いた女性誌だった。重いわけだ。

レジまで雑誌を抱えておばあさんを送り届ける。ちょうど空《す》いていて、すんなりと会計まで進むことができた。

「助かったわ。おにいさん、ありがとうね」

「いえ。ご購入ありがとうございます！」

こちらこそだ。おばあさんは雑誌をキャリーバッグにしまいこむと、俺に向かって小さく会釈をしてから帰っていった。

「少々、お待ちくださいませ」

聞きなれた声にふと隣のレジを見たら、声の主は読売《よみうり》先輩だった。

そして偶然にも応対している客は綾瀬さんだった。

もう会計を済ませた後のようで、読売先輩は釣銭をトレイに置いて綾瀬さんの前に滑らせ、それから文庫本にカバーを掛け始めた。流れるような手つきで店が用意したオリジナルの紙カバーを掛けていく。

「早いですね」

綾瀬《あやせ》さんが感心したような声で言った。ふたりとも俺には気づいていないようだ。

「ん。まあ、慣れかな。悠太《ゆうた》君もけっこう早いよぅ」

「悠太君……ああ、浅村《あさむら》くん」

「そそ。後輩君って言われてもわかんないでしょ。ほい。三冊終わり。ええと、お客様、こちらの参考書もカバーをお掛けしますか？」

先輩、敬語といつものしゃべりが混ざってますよ。

「あ、そっちはいいです」

「はい。承りました。まあ、わたしの後にバイトに入ってきたのはまだ悠太君だけだから、後輩君って言ったら、該当するのは彼だけなんだけどさぁ。では、こちらがお買い上げの商品になります」

四冊ぜんぶをまとめて手から提げられるビニール袋に放り込むと、それを綾瀬さんのほうへと差し出した。

「ありがとうございます」

「こちらこそ、お買い上げありがとうございます！　働いてる悠太君を見たいなら、またぜひご来店くださいませ！」

「そういうわけじゃ」

「沙季《さき》ちゃんには、特別にスマイルはゼロ円にしておくから！」

他の客からは金取る気だったんですか、先輩。

綾瀬さんは先輩の軽口には答えず、そのまま店を出て行った。レジにはすぐに次のお客様が並んでしまったから、俺はそのまま棚へと戻った。

バイト上がりの時間になって読売《よみうり》先輩がわざわざ俺のところまでやってきた。

「妹ちゃん、可愛《かわい》かったねえ」

「まだ言ってるんですか、それ」

「この歳《とし》になるとね、若い子のエキスを摂取しないと、そのまま干からびちゃいそうだからさー」

この人は吸血鬼か何かなんだろうか。

「先輩と幾つも歳、違わないじゃないですか」

「高校生と大学生は違うの。おーきな差があるんだ。わかってないね、後輩君」

「俺には永遠にわからない気がします」

「ほんとに可愛かったんだからさ。あの初々しい反応。後輩君の話題が出るたびに、沙季ちゃんってば、小さく表情が変わるところなんてほんとに……後輩君、これガチなやつかも」

「ガチ？」

「そうだよぅ」

一瞬、なにを言われてるのか真剣にわからなかった。けれど、先輩のいたずらっけに満ちた目を見ているうちになんとなく理解する。

つまり、綾瀬《あやせ》さんの反応が恋愛的なそれだと言っているのだ。

「いや、それはさすがに……」

「そうかな？　ほんとに？」

「綾瀬さんは妹ですってば」

そういう目で見てはいけないし、綾瀬さんにだって、そのつもりはないだろう。ないはずだ。


バイトが終わると、その日は素直に家に帰った。

両親はふたりともまだ起きていて、夕食を一緒に取ることになった。夜の10時近いのだから、だいぶ遅い夕食になってしまったけれど、ふたりとも軽食を取りながら俺を待っていてくれたのだ。亜季子《あきこ》さんが久々に腕を振るって用意してくれたのは、鶏《とり》のから揚げだった。親父《おやじ》がまた美味《おい》しい美味しいを連発しながら食べている。この歳《とし》で、一ヶ月以上も続く新婚生活ってすごくないか？

食卓に綾瀬さんの姿はなかった。先に食事を済ませていたらしく、部屋に篭《こ》もって勉強を続けているようだった。
寝るまでの間、俺は一度も家の中で綾瀬さんと出会わなかった。

## ●7月20日（月曜日）

明くる週の月曜日、その朝。

学校の教室は足を踏み入れた瞬間にわかるほど活力を失い、色が抜けた白黒映画と錯覚しそうになる。同級生たちの会話がまばらに聞こえるが、普段のそれと比べ声はあまりに小さく、怠惰な空気が流れていた。

理由はわかっている。

今週半ばから夏休みだからだ。来週から夏休み、だった先週までとは格が違う。

期末試験も終わり、夏休みを目と鼻の先に控えたこのタイミング。消化試合にやる気を出せというほうが無理な話なんだろう。

時間の流れさえゆるやかに進んでいそうな教室を興味深く眺めていると、ぐったりした様子の男子生徒がひとり、教室に入ってきた。

「おはよう、丸《まる》。毎日朝練で大変だね」

「おう、浅村《あさむら》……」

声も表情も疲れ切っている。

我が校の運動部は全国レベルの突出した部活こそ少ないものの、中堅程度の成果を出す精力的な部活がそこそこ多い。

親友の丸友和《ともかず》が所属する野球部もそのポジションに位置しており、毎日二回、朝と放課後の練習は過酷を極めるという。

だがそんな環境の中でもこの親友は、持ち前の要領の良さでのらりくらりと活動していたはずだが、どうして今日はこんなにも疲弊しきっているのだろうか。

「テンション低いね。枯れ果ててるけど、どうかした？」

「地区予選を二回戦で敗退してな」

「落ち込んでる、と」

「いや違う。夏休み中の練習が激化しそうなんだよ」

「へえ、逆じゃないんだ？　ふつうに考えたら大会が継続してるほうが練習が厳しくなりそうだけど」

「付け焼き刃で練習を詰め込んでも短期間で伸ばせる実力には限界があるからな。休んでコンディションを整えたほうがいいし、監督は無茶《むちゃ》な練習による故障リスクも避けたがるから、大会中はほどほどの練習量で済まされるんだ」

「なるほど、合理的」

「うむ。……む」

力なく席についた丸が、教室内をぐるりと見渡して眉をひそめた。

だらけた空気の中、夏休みの予定を話している数人の生徒たちを見ながら、丸はぽつりとぼやく。

「いいよなぁ、夏休みを謳歌《おうか》できる連中は」

「丸《まる》って、そういうの羨ましがるタイプだっけ」

「そりゃ羨ましいさ。自由な時間は何よりの財産だ。まあ野球に時間を使うと決めたのは自分だし、使い方に不満はないいんだがな」

「じゃあ何を羨むことが？」

「映画館に行く時間がなさそうなんだよ。夏は長期休暇の家族連れやカップル連れを狙って、ビッグタイトルがこぞって上映されるだろ。練習で拘束されちまったら、それもままならん」

深々とため息をつく丸の、あまりにも彼らしい姿が可笑《おか》しくて内心で密《ひそ》かに笑う。練習量が控えめだからって大会中に映画三昧するのはどうかと思うけど、右にならえの常識とはすこし外れた場所にいるのがこの丸友和《ともかず》という友人だった。

「気になってる映画も多いんだがなぁ」

「『蒼《あお》い夜の隙間』とか？」

「あァ？　ありゃあよくあるお涙頂戴モノだろ。泣きたい女子やらイチャつく口実の欲しいカップルにはちょうどいいかもしれんが、俺みたいなバキバキの映画マニアにゃあちと物足りんぜ」

「観《み》ずに批判するのは映画マニアとして失格では？　けっこう面白かったけど」

「なんだ浅村《あさむら》、もう観たのか」

しまった。これは失言だったかもしれない。

どうして、誰と、どんなシチュエーションで。あまりそういう部分に興味を持たれたらまずいと思い、俺は慎重に言葉を選んだ。

「バイト先で原作小説がよく売れてたから気になってさ。バイトが終わったあと、ひとりで観てきたんだ」

「浅村。……さては、デートだな？」

「えっ。いや、何を言ってるのかよくわからないな」

「なぜいま訊《き》かれてもいないのに、ひとりで、と言った？　お前が基本ひとりで行動するタイプなのは言われなくても知ってる」

「探偵ごっこ？　考えすぎだよ」

冷静に返すが、シャツの下は妙に汗ばんでいた。

眼鏡の奥の猛禽類《もうきんるい》のような鋭い眼《め》で丸はまじまじとこっちを観察してくる。心を覗《のぞ》き込まれる感覚は心地悪い。読売《よみうり》先輩と映画に行ったことを正直に話してしまったほうがいっそラクなんじゃないかと思えてくる。

もしかして、刑事に詰められる犯罪者も同じ気持ちなんだろうか。立証する機会はないし、あっちゃいけないけど。

「奈良坂《ならさか》のことといい、綾瀬《あやせ》のことといい、浅村《あさむら》……お前、最近ずいぶん色気づいてるよな」

「誤解だってば。何もないって」

「本当かぁ？　奈良坂とお前が話してたって目撃証言、けっこう上がってるぜ？　この前は図書室の前だったか」

「え。何。監視されてるの？　さすがに詳しすぎて怖いんだけど」

「人の目ってやつはどこにでもあるもんだぜ。悪事は必ずバレるのさ」

壁に耳あり障子に目あり、人の口に戸は立てられぬ、ということわざの信憑性《しんぴょうせい》の高さを生身で実感する。

「奈良坂さんと会話するだけで悪事扱いはひどいと思う」

「あいつに惚《ほ》れてる男にとっては大罪だぞ。……まさか、映画も奈良坂と行ったんじゃないだろうな」

「行ってないよ。……誰とも」

奈良坂さんとは、と言いかけた言葉をあわてて軌道修正し、付け加えた。

ちっ、と丸《まる》の舌打ちが聞こえる。

なんて巧妙な誘導尋問だ。親友ながら恐るべし、丸。

「まあアレだ。色恋に目覚めたなら、遠慮なく言えよ。人間関係の第一人者である俺が、バッチリお前の恋愛をサポートしてやるからな」

健康的な白い歯を見せ、親指をグッと立ててサムズアップ。実際、丸の人間力は敵に回すと恐ろしい性能だが、味方であれば頼もしさしか感じない。

「本当にそのときになったら頼らせてもらうよ」

「おうよ」

短くそう言って、丸はそれ以上の追及をしてこなかった。

天性の人間観察力で俺と一緒に映画館に行った何者かがいると見抜きながらも、自分の好奇心よりも、話そうとしない俺の気持ちを優先して退《ひ》いてくれる。引き際をわきまえているところは、この親友の大人な部分だと俺は思う。

本当に、いい友達を持った。

……あらためて本人に言ったら気持ち悪すぎるから、絶対に言わないけど。

放課後になった。

そそくさと野球部の練習に向かう丸を見送ったあとのことだった。教室の中で、ひとり、またひとりと生徒の減っていく姿をぼんやりと眺めながら俺は自分の椅子に座って、手持ち無沙汰にスマホでＳＮＳやニュース記事を回遊していた。

十数分も経過すれば、無駄に駄弁《だべ》るふたり組の生徒が残っているくらいで、他には誰もいなくなっていた。

半開きの窓から流れてくる生温《なまぬる》い夏風と、どこか遠く感じるセミの声が、ありもしないノスタルジーを刺激する。こんな都会の真ん中でも条件さえ揃《そろ》えば郷愁を覚えるとは、もしかして日本人には、夏の原風景に触れたら自動的に故郷を想起するような遺伝子でも組み込まれているんだろうか？

などと無意味な仮説を脳内で遊ばせてから、さて、とひと息ついて席を立つ。

けっして意味もなく時間をつぶしていたわけじゃない。

綾瀬《あやせ》さんと兄妹《きょうだい》関係になってから、なるべくすこしだけ時間をずらして下校することにしていた。

同じ家に帰る以上、帰り道も同じになる。そうすれば思いがけず一緒になって気まずい想《おも》いをさせかねない。その展開は避けたかった。

……という俺の勝手な計らいは、どうやら今日に限っては裏目に出てしまったらしい。

「あっ、浅村《あさむら》くんだーっ！」

「えっ」

靴をはき、昇降口を出るところで背後から声をかけられた。振り向くと、明るい色の髪の女子生徒が気さくに肩をたたいてくる。

「元気？　帰りが一緒になるとか奇遇だね！」

「奈良坂《ならさか》さん」

　女子生徒は奈良坂真綾《まあや》だった。彼女の肩越しにもうひとりの女子生徒——綾瀬さんの姿が見える。

　あれ、放課後なのにふたり一緒なんだ。と、俺が疑問を覚えるのとほぼ同時に、奈良坂さんが口を開いた。

「一緒に帰ろう！」

「え。……っと、なんで？」

「えっ。なんでって、そりゃあ……せっかくだし？」

「何がせっかくなのかさっぱりわかりません。同じ方向なんですか？」

「同じ同じ。だって行き先、沙季《さき》んちだし」

「え？」

　説明を求めるように綾瀬さんのほうに目をやると、彼女はごめん、と申し訳なさそうに両手を合わせた。

「家で勉強を教えてもらうことになったの」

「ああ、なるほど。でも、一緒に帰るっていうのは……奈良坂さんも嫌じゃない？」

「ぜんぜん。嫌がる理由ないじゃん」

あっけらかんと言い切ってみせる奈良坂《ならさか》さん。さすがに友達100人を地で行く陽キャの中の陽キャとでもいうべきか、異性との交流に対する心理ハードルはそれほど高くないらしい。

確かにいままでの俺の人生ではほぼ無縁だったが、男女入り乱れた組み合わせで行動している生徒も珍しいわけじゃない。

あらぬ誤解を招くまいと必要以上に隠し立てする俺や綾瀬《あやせ》さんは、心配性が過ぎるだけかもしれなかった。

「どうせ同じ家に帰るんだし、わざわざ分かれて帰ることもないよ。ねっ、沙季《さき》？」

「まあ、そうなんだけど……」

ちらりと、綾瀬さんがこちらを見る。

……うん、まあ、今回は仕方ないんじゃないかな。

俺が諦めの境地でうなずいてみせると、綾瀬さんは降参したように軽くため息をついて。

「真綾《まあや》に頼らないほうがよかったかなぁ」

そうぼやいてみせた。

それから俺たちは三人並んで昇降口を出た。女子ふたりのすぐ横を歩く居心地の悪さに、喉が渇く。誰かに変な目で見られるんじゃないかという不安が払拭できない。

しかし結論から言えば、正しいのは奈良坂さんだった。

校門を出るまでの間に他の生徒たちとすれ違うこともあったが、振り返られることも、まじまじと見られることもなかった。男子ひとり、女子ふたりの組み合わせも、ごく自然な光景のひとつと認識されているようだった。

丸《まる》に俺の奈良坂さんの目撃情報を流した人間はいたみたいだが、むしろふたりきりよりも三人以上のほうが、特別な文脈を感じられにくいのかもしれない。

学校を出ると、渋谷《しぶや》から代官山にかけた土地特有の坂道の多い道のりが待ち構えていた。放課後でもまだ日の高い夏はじりじりとアスファルトを焼き、制服の下で汗が溜《た》まるのを自覚して気分が滅入《めい》る。

隣を歩く綾瀬さんもハンカチで首を拭っていた。クールな表情を一切崩さない彼女でも暑さを感じてるんだなと、あたりまえのことなのにまるで世紀の発見に至った学者のような感覚になる。

ポポン、と、妙にポップな電子音が聞こえた。

振り返ると、いつの間にやら数歩後ろに下がっていた奈良坂さんが、ニヤニヤしながらスマホを構えていた。

「あ、お構いなく。振り返らないで自然体で！」

「それ、写真撮ってない？　友達とはいえ盗撮は許されないよ」

「違うよ、写真じゃなくて動画だもん。ぜんぜん盗撮じゃないもん」

「止まってても動いてても盗撮は盗撮。ほら貸して、すぐ消すから」

「ああん！　もう、取らないでよー！　わたしのスマホー！」

綾瀬《あやせ》さんは容赦なく親友のスマホを取り上げた。

目の前で、確認しながらしっかり削除。

「沙季《さき》はホント写真撮らせてくれないよねぇ。そんなあわてて消さなくても、どうせすぐ消すつもりだったのに」

「嫌なの。写真映り悪いし。消すか消さないかを委ねて、万が一消えてなかったら真綾《まあや》を責めなきゃいけなくなるでしょ。そんなのダルいし、疑いたくないし、こういうのは自分でサクッとケリをつけてスッキリしたほうがいい」

「大変、浅村《あさむら》くん。沙季が正論でいじめる！」

なぜここで水を向けるのか。

話を振るのはいいけど、せめてもうすこし入りやすい話題のときにお願いしたかった。

とりあえず俺の答えは決まっている。

「綾瀬さんに一票」

「お兄ちゃんの裏切者！　兄妹《きょうだい》だからってそんなところまで似なくていいのに！」

「味方になった覚えはないし、お兄ちゃん呼びはやめてくれますか？」

そもそも彼女の台詞《せりふ》は血の繋《つな》がった兄妹に対して使う表現ではなかろうか。

血縁関係でもないのに似るも似ないもない気がするが、共同生活をしていく中で価値観や習慣が近似していくのは最近、実感しているところでもある。もしかしたら、そういうこともあるのかもしれない。

「というか、意味不明。なんでいきなり撮ってるの」

「いやぁ、ふたりが並んでると画《え》になると思ってさぁ。カップルYouTuberとかやってみない？　金髪ギャルと陰キャ男子で兄妹やってみた、みたいな！　絶対伸びるよ」

「やるわけないでしょ、そんなの。そんなの見て楽しむ人、いるわけないし」

綾瀬さんがあきれて言い、俺もうなずいた。

「同感。……あと奈良坂《ならさか》さん。事実かもしれないけど、面と向かって陰キャと呼ばれるのはさすがに傷つくかな」

「あっ、誤解しないで。ディスる意味で言ったわけじゃないから。インスタとか見るとけっこういるんだけどさ、陰キャってタグをつけて、ちょっと暗めな雰囲気の美形男子が投稿してたりしてて。わりと女子ウケいいんだよ」

「いや、さすがに美形とまで言われると逆にお世辞臭くてむずがゆい」

「あっ、誤解しないで。素材のままでイケメンってわけじゃなくて、メイクすれば美形に見えなくもない素質はあるって意味だから」

どっちに転んでも地味に引っかかる。奈良坂さん自身には特に悪気がなさそうなのが、ツッコミにくくて悩ましい。

「それに、いるわけなくないんだよ。YouTubeでカップルの配信を観《み》たい需要ってわりとあるの。わりともうありふれちゃってるから、いまから流行《はや》らせるのは難しいけど、兄妹《きょうだい》の配信はレアだからイケるイケる！　広告収益でタワマン生活目指しちゃおうよ！」

「広告収益……。それ、稼げるの？」

奈良坂《ならさか》さんの熱弁に含まれたその単語に、綾瀬《あやせ》さんが前のめりになった。

「もちろん！　人気になったらドカーン、だよっ」

「ドカーン……」

「待って。奈良坂さん。綾瀬さん。ステイ」

盛り上がりかける女子ふたりを冷静に止める。談笑を遮るのはとんだ水差し野郎だと罵られるべき悪行ではあるが、このままドリームに突っ走るのを黙って見過ごすのはさすがに罪悪感があった。

「最近は動画投稿者がどんどん増えてきて、芸能人や企業も参入してきてる。そう簡単に勝ち残れるほど甘い世界じゃないよ。……って、その世界に詳しい人が動画で言ってた」

綾瀬さんに高額バイト探しを頼まれたとき、いちおう動画サービスの広告収益についても調べていた。

一時期は何人もの億《おく》り人《びと》を輩出し、小学生がなりたい職業ランキングの上位に君臨した仕事。しかし数多《あまた》のスターが輝く一方で、過酷な競争と、毎日数字に追われる重圧に心を病み、挫折していく者も多いという。

カップル配信にいたっては、その特性上どうしても避けられない問題も抱えていた。

「仮に成功できたとしても、継続するのはもっと難しいわけで。最近、よく聞くでしょ。破局したせいでせっかく育てたチャンネルがそのまま終わりってパターン」

「むむ。もちろんそれはそうなんだけどさ。でも、だからこそ、って話なんだよ」

「えっ」

「恋人と違って、兄妹には破局なし！　イチャイチャを観察するチャンネルとして、これ以上に恵まれた関係性があろうか。いや、ない！」

「そう言われると一理あるような気もしてきた……」

「ないから。浅村《あさむら》くんも、なに影響されてるの」

「ごめん」

あきれたようにじろりと睨《にら》む綾瀬さんに、俺は即座に謝罪した。

秒で動け、と成功者は挑戦に対して迅速な行動を推奨するが、むしろ失敗したときこそ意識すべき言葉だと思う。すこしでも不愉快そうな空気を感じたら、余計なことはいいからとりあえず謝る。

秒で謝れ、を座右の銘にしていきたい。

不平不満を溜《た》め込まない、俺と綾瀬《あやせ》さんならではのコミュニケーションかもしれないが。

髪を指にからめながら綾瀬さんは、はあとため息をついて言う。

「やらないよ。うまくいくわけないし」

「えー、行けると思うけどなぁ。沙季《さき》も浅村《あさむら》くんも頭いいし」

「私たちより総合点が高い真綾《まあや》に言われると、あんまり褒められた気がしないけど」

「いやいや、テストの点とかじゃなくてさ。なんていうのかなー、こう、諸葛亮《しょかつりょう》！って感じの頭の良さっていうか」

「だとしても、無理。本気で勝とうと思ったら、どれだけ時間を奪われるかわからないし。勉強時間なくなる」

「ちぇっ。絶対人気になれると思うけどなぁ。というかわたしが見たい！　イチャイチャ！」

「私情じゃん。……そういうんじゃないって言ってるのに」

「どっちにしろ無理だよ。もしも人気が出たら、それはそれで大問題だし」

学校の生徒で俺と綾瀬さんの関係を知っているのは奈良坂《ならさか》さんだけだ。人気チャンネルに成長してしまったら、それはそれで、関係が大勢に暴露されることになる。おまけに、兄妹《きょうだい》なのにカップルに近しい内容の動画を出したりしたら、親父《おやじ》や亜季子《あきこ》さんにどう説明すればいいっていうんだ。

もちろん綾瀬さんはとびきりの美少女だし、理知的で、気遣いもあって、ほどよい距離を保ってくれる、同居生活を送る上でとても都合のいい相手だ。こういう恋人関係が育めるというなら、もしかしたらそれは幸せな関係なのかもしれない。

だが、義妹《ぎまい》だ。それもフィクションの世界ではなく、現実の、ただのリアルな義妹だ。

選択肢すら、浮かべてはいけないと思う。

「そっかぁ、残念。まあYouTubeじゃなくていいからさ、適当に何かやってみたらいいと思うよ。うまいこと存在感を出せると高い報酬の仕事に繋《つな》がるらしいし！　とりあえず、浅村くんはインスタやろ、インスタ」

「なんでですか。お洒落《しゃれ》な写真を撮るセンスなんかありませんよ」

「陰キャタグでイケてる風の写真をアップしまくればいいじゃん！　きっと似合うよー」

「やりませんって」

と口では言いながら、俺は奈良坂さんに背を向けると、なんとなくインスタのアプリをダウンロードしていた。

綾瀬さんと奈良坂さんが会話しながら歩いている後ろをついていきつつ、アカウントを試しに作ってみる。最初のチュートリアル画面の案内に従い、プロフィールを設定していく。

もし本当に効率よく人気を獲得し、稼ぎに繋げられそうなら綾瀬さんに教えようと思ったのだ。

……が、家に帰るまでの間、軽くサービス内を巡回してみたが、どのユーザーが人気なのかすらよくわからなかった。

せっかく作ったアカウントだけど、たぶんこのまま放置することになりそうだなぁ。


家に着いた。

自分の部屋に入りドアを閉めると、強張《こわば》っていた筋肉がゆるみ、指先から何かが抜け落ちていくのを感じた。

奈良坂《ならさか》さんをまじえた三人での帰宅は、ふだんの帰宅ルーチンとあまりに違いすぎた。緊張するなというほうが無理な話である。

万が一にも奈良坂さんが迷い込んだりしないよう自室の内鍵をかけて、俺はクーラーの電源を入れながらネクタイをゆるめ、制服を脱ぐ。汗ばんだ肌が冷風に触れて心地《ここち》好いが、迂闊《うかつ》にその感想を口にしたりしないようかろうじて自らを律した。

いまは家に奈良坂さんもいる。

綾瀬《あやせ》さんの耳があるだけでも日常の音には気を遣うのに、完全な他人である奈良坂さんまでいたら尚更《なおさら》だ。

と、そう考えている自分自身に、はたと気がつく。

ごく自然に浮かんできた、完全な他人、という概念。それはつまり、そうではない種類の他人がいることを前提にしている。

綾瀬さんという他人と、それ以外の他人。そんなふうに自分の中で定義を分けてしまえるくらいには、彼女とは家族に近づけたということなんだろうか。

私服に着替えて、部屋を出る。ダイニングキッチンに飲み物を取りに行くと、リビングで綾瀬さんが教科書を開き、奈良坂さんに勉強を教わっているのが見えた。友達に合わせているのだろう、綾瀬さんも制服姿のままだった。

ふたりとも、真剣な表情だ。帰り道ではふざけている様子だった奈良坂さんも、本気で教えている。

邪魔にならないよう細心の注意を払って冷蔵庫を開け、氷を入れたコップに麦茶を注《つ》ぐ。なるべく音を立てず、ゆっくりと自分の部屋に戻った。

座卓にコップを置いてあぐらをかき、スマホで漫画アプリを立ち上げる。ここ二週間、テストもあってあまり読む時間が取れずに溜《た》め込んでいた漫画のシリーズを追いかけていく。

今日はバイトは休みだった。久しぶりに悠々自適な自分の時間を過ごせる。

一時間も経《た》つ頃には、あらかた読みたかったシリーズの続きは読み終えた。

だいぶ前に丸《まる》にオススメされた作品でも発掘しようかなと検索ボタンをタップしようとして、ぴたりと指を止める。

スマホ画面の左上。時刻の表示が目に入る。

17時。

そろそろ夕飯の支度を始める必要がある時間帯だと思い、スマホを手に立ち上がる。

いつもなら綾瀬《あやせ》さんがやってくれてるだろうけど、明日は大事な現代文の再テストだ。

一分でも長く勉強してもらわないと。

リビングに行くと、綾瀬さんが顔を上げた。

「あ、ごめん。そろそろいい時間だよね。今日はあんまり手間がかからないものだと助かるんだけど」

「いいよ、そのままで。俺がやるから勉強してて」

「えっ。そう……？」

安心させるべく微笑を心掛けて言いながらダイニングキッチンに入ると、ペンを置いて立ち上がろうとしていた綾瀬さんはぽかんとして座り直した。

「バイト休みだし、こういうタイミングだからね。いまは勉強に集中しなよ」

「……ありがとう。助かる」

困惑まじりの小さな声で、だけど確かな礼を彼女はつぶやいた。

そのやりとりを見ていた奈良坂《ならさか》さんが、ほっほーん、とあごの下に手をやる探偵じみたしぐさとともに猫のように目を細める。

「いいね。いい旦那さんの雰囲気出てるよ、浅村《あさむら》くぅん」

「どんなキャラですか、それ」

「芸術評論家！」

「意味わかりません」

情報量ゼロの会話をしながら片手間にスマホを操作し、レシピサイトを確認する。

ひとりのときはお手軽にレトルトカレーあたりで済ませるところだが、と、軽く棚の中を確認してみる。保管されてるのは同居開始よりも前に買い溜《た》めていたもので、激辛、の文字がパッケージの中で赤々と強調されていた。

綾瀬さん母娘《おやこ》と同居を始めてからふたりの手による自炊が増え、レトルトや冷凍食品のたぐいの消費ペースは落ちていた。このカレーも、俺と親父《おやじ》だけで暮らしていた頃の名残だ。

つまり辛《から》さの好みなどまったく考慮していない。

この一ヶ月、綾瀬さんや亜季子《あきこ》さんの出してくれた料理の傾向として、強烈なスパイスの効いている品はなく、むしろ本来辛いはずのメニューでも比較的甘めに調整されていることが多かった。たぶん、激辛は鬼門だ。

もっともここでひとり考察している暇があるなら本人に訊《き》けばいい話ではある。だが、奈良坂さんがいる手前、あまり明け透けに訊くのもためらわれた。

子ども舌、という揶揄《やゆ》表現があるように、辛《から》さに対する耐久力を含めた味の好みの内容に言及するのは、人によっては大いにプライドを傷つける可能性がある。

やはりカレーはなしだ。世の歴戦の主婦たちの叡智《えいち》に頼るとしよう。

スマホひとつで無数のレシピにアクセスできるんだから、便利な世の中に生まれて本当によかったと思う。

「よし、やるか」

ひとりごとで気合いを入れ、俺は料理に取り掛かった。

結論から言えば失敗した。

いや、違う。成功か失敗かの土俵にすら立てなかった。自炊経験ほぼなしの自分の能力を甘く見積もりすぎていた。

レシピにあたりまえに登場する単語のひとつひとつ、すべてが難解だった。

薄力粉とはなんだ？　家にある小麦粉とは違うのか？　下味をつける？　どんな工程だ、それは。火が通ったら皿に取り出す？　火が通ったと判断する基準が不明すぎる。五から十分ほど煮込む？　なにその振れ幅。どこで判断するんだ？

駄目だ。料理の基礎知識がなさすぎて、レシピすら読み解けない。綾瀬《あやせ》さんが挑戦している現代文のテストよりも何倍も難しい気がした。

……とりあえず先に米を炊いておくか。さすがに米を研いで、炊飯器を設定するぐらいのことはできるし。最悪の場合、炊き立てのご飯さえあれば、のり佃煮《つくだに》のたぐいをかけるだけでどうにか誤魔化せる。

難しい仕事は後回しにし、できることから。そう考えて、俺は無心で米を研ぎ始めた。

現実逃避なのは重々承知している。ああ、水で手が冷たい。

そうして米を研ぎ終え、炊飯器の炊きあがり時間を設定していると、誰かがキッチンに入ってきた。

「あーさむーらくーんっ」

「奈良坂《ならさか》さん。飲み物なら冷蔵庫から好きに取っていいよ」

「違うよー。そうじゃなくて、浅村《あさむら》くんの様子を見に来たのっ。なんか苦戦してない？」

「どこにカメラ仕掛けたの？」

思わずキッチン内を見回してしまう。

「盗撮なんかしてないってば！　いきなりご飯を炊いてる気配がしたから、なんとなーく料理の手順とか慣れてないんじゃないかと思ってさ」

「ふつうは最初に炊かない……と……？」

「家庭によるかもだけどね。お米は一時間もあれば炊きあがっちゃうから、うちは下準備が必要なおかずのほうから手をつけるよ」

「なるほど……いや本当、恥ずかしい話なんだけどさ」

レシピサイトを見ればどうにかなるとたかをくっていたこと、いざ見たら用語がまず理解できてないため、意外と調べる時間がかかりそうなこと、だからまずは理解している工程から始めようとしたこと。それらを正直に説明した。

奈良坂《ならさか》さんは、なるほどねー、とうなずいて、それからとことことリビングのほうへと戻っていく。

「ねえ沙季《さき》、あとはもう反復学習でいけそうだよね？」

「うん、おかげさまで」

「じゃあ、ここからはひとりでファイト！　ちょっと浅村《あさむら》くんの料理、手伝ってくるから」

「え？　あ、うん。でも、そこまで真綾《まあや》に頼るわけには」

「いいから、いいから。真綾ちゃんの主婦パワー、見せつけてやろうじゃありませんか。むふふふん♪」

「そ、そう。ありがとう。楽しみにしてる」

ちら、と戸惑いがちな眼差《まなざ》しを俺に向けてくる。その瞳に映る俺の表情も、同じような困惑に染まっていた。

「よーし、てゆーわけで、お料理初心者のお兄さんにいっちょご指導ご鞭撻《べんたつ》しちゃうんでよろしくぅ！」

「あー……よ、よろしく」

制服の半袖を更に折って二の腕を晒《さら》し、やる気満々、元気いっぱいの奈良坂さんに詰め寄られて、俺は圧《お》され気味にうなずいた。

ご指導ご鞭撻がどうのというのは指導を受ける側の台詞《せりふ》だよ、と突っ込む気にもなれなかった。

「それじゃ、始めよっか。作りたい料理のコンセプトは？」

「コンセプト……っていうのはよくわからないけど、とりあえず、明日の再テストで綾瀬《あやせ》さんの頭がしっかり働くようにしたいと思ってる。ビタミンとタンパク質をしっかり取れたらいいのかなって」

「オッケー。定番だけど酢豚《すぶた》かなぁ。どれどれ……おっ、あるある」

冷蔵庫を開けて、中から豚肉を取り出す奈良坂さん。

ふと疑問が浮かぶ。

「あれ、酢豚に使えそうな肉なんてうちにあったっけ。酢豚の肉って、あのゴロっとしたやつだよね」

「うん。とんかつ用のお肉とかあるとやりやすいよ。でも、ふつうのバラ肉でもぜんぜんイケる。そーゆーレシピもけっこう載ってるし」

言われてサイトを検索してみると、確かに豚バラ肉を使った酢豚のレシピがいくつも出てきた。

「要はお肉の切り方の問題なのだよ」

師匠が弟子に教えるような尊大さで胸を張る奈良坂《ならさか》さんだが、今回ばかりはその態度に一片の反論もできなかった。

実際、奈良坂さんの料理スキルは完璧だった。必要な材料や調味料をレシピを見ることなく冷蔵庫から取り出し、あっという間に揃《そろ》えてみせた。

その後もてきぱきと肉と野菜の下処理を済ませていく。

しかも、途中途中で俺に教えながら。

完璧に理解しているからか教え方が初心者にも易しく、実際に手元で見せられながらなのもあって、みるみるうちに自分でもできるようになっていった。

「すごい。奈良坂さん、家庭科の先生みたいだ」

「えーっ、もっとカッコいいのがいいなぁ。フランス帰りの一流シェフとか」

「それだと、教え方が上手な人の表現じゃなくなるような」

「確かに！」

あはは、と奈良坂さんは屈託なく笑う。

「でも浅村《あさむら》くんもすごいよ。めっちゃ物覚えがいいから、モリモリ教えたくなっちゃう」

「教え方が上手《うま》いからだと思うけどな。……というか、綾瀬《あやせ》さんも料理上手だったけど、もしかして同級生って俺が知らないだけでみんなこれぐらい料理できたりするの？」

自分が極度の世間知らずである可能性に、声が強張《こわば》った。

ｎ数２のサンプルに統計的な価値はないとはいえ、仮説として考えたくもなる。

「あはは、さすがにないでしょ～。自分で言うのもアレだけど、わたしけっこう料理できるほうだと思うよ」

俺の些細《ささい》な不安は奈良坂さんの明るい笑い声で吹き飛ばされた。

……よかった。

残念な不名誉をかろうじて回避できて、正直ホッとしている自分がいた。

「わたし、弟がたくさんいてさ。親も共働きで、家のこといろいろやらなきゃいけないんだよね。今日はお母さんが家にいる日だから沙季《さき》んちに来れたけど、けっこうレアなんだよ、こういう日」

「そういえば、先月もうちに来てたけど……それ以来、なかったね」

「そ。だいたい月に１回ぐらいが限界かなぁ」

自由に遊びに出かけられるのが月１回。同じ高校生としてはかなりの不自由さだ。

これで成績まで優秀なのだから、丸《まる》以上に要領が良いのか、あるいは規格外の努力家なのだろう。

テンションが高すぎて、最近ちょっと変な人なのかもしれないと疑っていたのだけれど、考えをあらためる必要がありそうだ。

「浅村《あさむら》くんてさ、本当に沙季《さき》とは何もないの？」

酢豚《すぶた》の仕込みを終えて、味噌汁《みそしる》の準備のために教わるまま湯の中で味噌をといていると、何の前触れもなく奈良坂《ならさか》さんが素朴な疑問を口にした。

「あったら駄目でしょう」

「でもほぼ他人だよね。血のつながりもないしさ」

「戸籍のつながりがあったらアウトです。というか、なんでそんなに俺と綾瀬《あやせ》さんの関係を気にするんですか」

「なんでって言われると困るんだけどね。なんとなーく、沙季が変わったような気がするんだよね」

「それ、ただの感想じゃあ……」

「感想だよ？　えっ、むしろ個人の感想抜きでどうやって話すの？」

「……確かに」

感情で論破された。

普通の会話で論理的な整理が必要なのは、俺みたいなコミュニケーション弱者のみ。常に自然体な奈良坂さんみたいなタイプの人はすり合わせなんてするまでもなく直感と反射で会話できるんだろう。

「たとえばさ、沙季、使ってる香水の量が増えてるんだよね。気づいてた？」

「ぜんぜん」

「よかった。気づいてたらちょっとキモかった」

「トラップ質問はやめてください」

誠実に生きてきてよかった。

同じ家にほぼ他人に等しい女子が住んでいて気にならないわけじゃないが、だからこそ姿をまじまじと見たり、匂いを意識したりすることがないよう己を律しているつもりだった。

「香水の量で何がわかると？」

「いまって夏でしょ。歩いてるだけで汗かくし、女子にとっては悩ましい季節なんだよね。汗くさいままは嫌だから香水多めにしたり、汗拭きシートめちゃ使ったり、香りが強めのシャンプー使ったり……まあいろいろやるわけだよ。色気づいた女子は、ね」

「なるほど」

「去年の沙季の対策は汗拭きシートぐらいだったんだ。実際、そんなに汗っかきでもないから、それくらいの対策で充分な体質っぽいし、何の問題もないはずなんだけどね」

「今年は、多くなってる……と」

「そう！　できる対策を全部盛ってる感じ。好きな人を意識しての行動に違いない！　と、名探偵真綾《まあや》ちゃんのカンは告げてるわけだよ、ワトソン君」

「へえ」

「へえって、反応うっすい！　もう、あんなカワイイ子に意識されてるかもって聞かされて、なんとも思わないの？」

「そう言われても……意識されて当然だとしか思わないので……」

「ほら！　やっぱり相思相愛なんだ！」

「違くて」

勝手に盛り上がろうとする奈良坂《ならさか》さんをひと言で制止した。

「ほとんど他人に等しい異性と同じ家で暮らしてるんだから、失礼にならないように匂いに気を遣おうって考えてもおかしくないでしょ」

俺だってそうだ。

親父《おやじ》とふたり暮らしのときは寝癖上等、しょぼくれた目、汗くさいパジャマ姿でも平気で家の中を歩き回っていた。

だけどいまは無理。

綾瀬《あやせ》さん。それに亜季子《あきこ》さん。ほとんど他人に近い女性ふたりに見られる可能性の高い状況で不潔感のあるだらしのない姿を晒《さら》せるほど俺は勇者じゃない。

――みたいなことを、最近考えた記憶がある。

「えぇ～、そういうモンかなぁ」

「奈良坂さんも経験すればわかるよ。たぶんね」

「ふぅん。……あっ」

不満そうに唇をとがらせた彼女は、ふとダイニングの向こう側、リビングのほうを見て、何かに気づいたように息を呑《の》んだ。

肘で軽く脇腹を小突きながら、はしゃいだように小声で言う。

「ほら、いま見た？　沙季《さき》、こっち見てた」

「綾瀬さんが？」

言われて、リビングのほうを見てみる。

綾瀬さんと目が合った。

あ、の形に一瞬だけ口が開いて、すっと視線が下に逸《そ》れる。

そのわずかな目と口の動き以外、表情も顔色も何も変化はなく、いつも通りのクールな美人が伏し目で参考書に向き合っているだけだった。

「噂《うわさ》してるのを気取られたんじゃないの。奈良坂さん、声大きいし」

「えーっ。絶対ＬＯＶＥなやつだと思うけどなぁ」

「はいはい、ゴシップ好きもそこまでに。リアルの友達にやりすぎると鬱陶しがられますよ」

「残念。沙季はとっくにウザがってますぅ。これ以上ウザがられるなんてありませーん」

「なんでそれで煽《あお》れるつもりでいるんだろう」

やはり陽キャ側の人のノリは理解できない。悪い人ではないのだけど、ノれないものはノれないんだから仕方ないってことで。

そうこうしているうちに味噌汁《みそしる》も作り終わって、すべての夕飯の準備が整った。

時計を見たら午後6時半に差し掛かろうというタイミングで、炊飯器も炊きあがりを告げる電子音を奏で始めた。

「ないすたいみーん。真綾《まあや》クッキング終了の時間だよ」

ナイスタイミング、を変なイントネーションで言いながら奈良坂《ならさか》さんは、料理中ずっと着けていた綾瀬《あやせ》さんのエプロンを外して、リビングへ向かった。

「勉強中断。栄養補給したまえ、沙季《さき》中佐」

勉強していた綾瀬さんの背中に、奈良坂さんは飛び込むように抱きついた。

音楽を聴きながら勉強していたんだろう、耳からイヤホンを外して、綾瀬さんはあきれ顔で言う。

「なんでいきなり階級がついたの。……でも、ありがと。うちのご飯なのに、真綾にまで手伝わせちゃって」

「平気、平気。そんじゃ、わたしはそろそろイイ時間だから帰るね」

「えっ、一緒に食べて行かないの？」

「お母さんが弟の面倒見てくれる日だけど、さすがに晩御飯は一緒に食べることになってるんだ。母の味を楽しめる貴重な日だしね」

笑顔で事もなげにそう言い切れるのは、家族仲がいい何よりの証拠だろう。

幼い日から両親の不仲を見て育ってきた俺にとって、彼女の姿は目を覆いたくなるほど眩《まぶ》しかった。

軍人の真似事《まねごと》じみた口調が似合う迅速さで手早く荷物をまとめて、奈良坂さんは、じゃあまたねと気さくに手をあげリビングを出ていこうとする。

ドアの前ですれ違う直前、彼女はにひっと怪しげな笑みを浮かべて、俺にだけ聞こえる声でささやいた。

「ふたりっきりにしてあげる♪」

「いや、だから……」

「じゃあねー、バイバーイ♪」

違うってば、と、反論する隙さえ与えんとばかりに、彼女はブンブンと手を振って駆け足で去っていった。

彼女の背中が玄関ドアの向こう側に消えていくのを茫然《ぼうぜん》と見送っていると、綾瀬さんが隣に立って、訝《いぶか》しげに訊《き》いてくる。

「どうしたの。もしかして、何か変なことでも言われた？」

「……いや、大丈夫。ただ……」

「ただ?」

「変な子だとは思う」

「それは本当にそう」

同意を得られた。

兄妹《きょうだい》になって一番共感し合えた瞬間は、もしかしたらいまこのときかもしれなかった。


「あ、おいしい」

夜7時。

なんだかんだでいつもと同じふたりきりになってしまった食卓、大皿から取った酢豚《すぶた》の塊を口に入れた瞬間、綾瀬《あやせ》さんの目が大きく見開かれた。

やった!という喜びよりも先に俺の胸に去来したのは、よかった、という深い安堵《あんど》だった。

「気に入ってもらえて何よりだよ」

「酢豚っていう選択。何か気遣ってもらっちゃったみたい」

「……鋭いなぁ」

やはり日常的に料理をする人間からしたら、意図が伝わるようなメニューなんだろうか。

「ありがと。その気持ち、ふつうにうれしい」

「どういたしまして。と言っても、お礼は奈良坂《ならさか》さんにしてほしいかな」

「真綾《まあや》が作ったの？　これ全部」

「いや、正確には作ったのは俺だよ。横で一から百まで全部説明してくれたけど、大事な部分はほとんど手を出さずに俺にやらせてくれた。……ああいうところ、先生の才能ありそうだと思う」

「わかる。私なら、初心者がもたついてたら横から奪っちゃいそう」

「わかる。実際、そのほうが安全だったりもするだろうしね」

だけど奈良坂さんは最後まで教えるスタンスを崩そうとしなかった。保育園の先生とか、あるいは成績もいいから学校の教師なんかも向いているんじゃなかろうか。

笑顔で子どもの世話をする奈良坂さんの姿を想像すると、けっこうしっくりくる気がした。

「勉強の調子はどう？」

「うん。おかげさまで、真綾に作ってもらった仮の追試問題も完璧に解けた」

「それならよかった」

「真綾には私の現代文の勉強法、遠回りすぎてそっちのほうが効率悪くない？って、驚かれたけど」

「実際、最短距離のやり方じゃないと思う」

　出題された文章を完璧に読み解かずとも、表面上の文意を理解してしまえば簡単に解けるものだ。しかしそれはそういう解き方が向いている人間に最適化されたノウハウであり、偶然モノにできる人間が多数派だから絶対の正解らしく語られているに過ぎない。

　あまりにも徹底しすぎた病的なまでの論理思考は、柔軟性の欠如とイコールで結ばれる。綾瀬《あやせ》さんはそういうタイプであり、曖昧さを許したまま問題を解いてしまうことに対して脳が自動的にロックをかけてしまうのだろう。

　そんな彼女が曖昧さを許さないまま現代文を完璧にこなそうとするなら、これぐらいの遠回りな荒療治も致し方なかった。

　かつて綾瀬さんは、親友の奈良坂真綾《ならさかまあや》の柔軟性を高く評価していた。だからこそクラスで人気なのだろう、と。

　人は正反対の人に惹《ひ》かれる性質を持つという。だとしたら綾瀬さんが奈良坂さんの対極に位置するとしても何もおかしくない。

　そしてもうひとつ、俺としては合点のいくことがあった。

　彼女は頑《かたく》なに多様性を認める思考を持とうとしている。ステレオタイプや思い込みを嫌い、適切なコミュニケーションをしようと心掛けすぎている。

　それは彼女自身が父親の偏見によって、母親の亜季子《あきこ》さんが精神的に虐げられる姿を見てきたからだとばかり思っていたが、きっとそれだけじゃないんだ。

ここから先はあくまでも俺の予想。本人に確認したわけでもない、ただの野次馬《やじうま》根性に等しい卑しい推察だ。

たぶん、彼女は抗《あらが》っている。

自分の中にも流れる、尊敬できない父親の血。固く、硬直しがちな思考回路。曖昧さを許容せず、白か黒か、己の視点ですべてを納得し、決めつけたがってしまう傾向に。

だからこそ彼女は頑なに柔軟で在り続けようと、厚い鎧《よろい》をまとっている。

……繰り返すけど、たぶん、の話ね。

「心配しなくてもいいよ。うまくやれてる。明日の本番もきっと大丈夫だから」

「……そっか」

俺がすこし黙ってしまった理由を勘違いしたんだろう、綾瀬さんは微笑を浮かべて安心させるように言ってきた。

いまの思考を正直に話すわけにいかないから、特に訂正はしなかったけれど。

「応援してるよ、綾瀬さん」

「ありがとうね、浅村《あさむら》くん。人事は尽くした。あとは、天命を待つのみ」

ぐっと箸を持つ手に力をこめてそう言うと、彼女はふたたび酢豚《すぶた》をつまんで口に運んだ。

おいしい、と言う。

食事が終わるまでの間、彼女は何度も、おいしい、と、ありがとう、を繰り返していた。

運命の再テスト。

綾瀬《あやせ》さんの夏休みが自由な時間になるか、不毛な束縛の時間になるかを決める重大局面が、いよいよやってくる。

ただの他人事《ひとごと》のはずなのに他人事に思えていない自分自身に違和感を覚えつつも、その水差し野郎な感情にはそっと蓋をして、俺は頑張っている義妹《ぎまい》へと心の中で素直なエールを送った。

——がんばれ、綾瀬さん。

# ●7月21日（火曜日）

今日は地球の重力にまつわる重大な問題が発生したに違いなかった。時間の流れが驚くほどゆっくりに感じられるんだから、間違いない。人類の科学技術の進歩に伴い多発する異常気象の一種であると言われたら、いまなら信じて環境活動家の仲間入りをしかねないほど俺はそわそわしていた。

いまは放課後。あまりにも遠すぎた放課後である。

つまり再テストの時間だ。

終業式前日で気の抜けた授業の内容は右から左へ耳を通り抜けていったし、休み時間に丸《まる》とした会話の内容も、昼に食べたパンの味も憶《おぼ》えていない。終わったらすぐに結果を聞きたいという思いに囚《とら》われて、誰もいなくなった教室の中でひとり残り続けていたところで、俺はふと我に返った。

……いや、ふつうに干渉しすぎだな、これ。気持ち悪すぎる。

確かに綾瀬さんが再テストでうまくいくよう、俺はここ数日、いろいろと手助けをしてきた。が、だからと言ってずけずけとテストの結果を聞きにいくのはあまりにもマナーが悪すぎる。

どうせ綾瀬さんとは家で必ず会えるのだ。学校でしか会えない間柄でもないのだから、何も急《せ》くことなどない。

「バイトもあるしな。さっさと帰ろう」

頭が冷えて冷静になった俺は誰もいない教室でそうつぶやいた。独り言をつぶやく趣味はないが、油断したらこのまま教室に根を張りそうな自分を無理矢理《むりやり》動かすためにも何か声にしたかった。

どこか気恥ずかしさを覚えながら俺は、荷物をまとめてそそくさと学校を後にした。


結局、バイト先でも仕事にまったく集中できず、さんざんな有り様だった。レジの打ち間違いやオペレーションミスを何度もするという、新人の頃以来の醜態を晒《さら》してしまった。大変申し訳ありません、と本当の自分の過失でお客さんに謝ったのもかなり久しぶりのことだった。

「後輩君、大丈夫？」

「……たぶん。あ、お先に失礼します」

帰りがけに心配そうに声をかけてきた読売《よみうり》先輩にも、短くそう答えるぐらいしかできなかった。

さすがに自転車の運転中はボーっとしていたら大変だと気を引き締めて、どうにか事故らずに帰宅する。自然と漕《こ》ぐ足に力がこもって、加速気味になっていたのは、それだけ綾《あや》瀬《せ》さんの結果を知りたい気持ちの表れなんだろうか。

どうしてだろう。自分のテストの結果でさえ、ここまで興味を持たないのに。

そんなことを考えながらマンションに到着し、エレベーターに乗って上がり、我が家へと向かう。

——ガチャ！

ドアノブを引いた瞬間、肩が抜けそうな感覚とともに大きな音が鳴った。開くはずのドアが開かずに、ブレーキがかかる。どうやら鍵がかかっているようだった。

おかしいな、と思う。

俺がバイトから帰ってくるとき、綾瀬さんが家にいる場合は帰宅時間を見計らって鍵を開けといてくれることが多い。防犯上よろしくないから鍵は常にかけておきなよと言ったのだが、このマンションがエントランスからすでにオートロックになっており、招かれざる不審者が入り込みにくい構造になっていること、万が一俺が鍵を忘れたり失《な》くしたりしていたらチャイムに応答するためにやっていることを中断して対応しなければならなくなり、そのほうが面倒だと淡々と説明され、そういうことならばと俺もそのやり方を受け入れていた。

いろいろと理屈を並べていたが、疲れて帰ってくる俺に鍵を使うひと手間をかけさせまいとする気遣いのような気がする。……気のせいかもしれないけど。

ともあれいまは鍵がかかっていた。鍵を取り出し、鍵穴に差し込む。簡単に開いた。

鍵の故障というわけではなさそうだ。

「ただいま。……綾瀬《あやせ》さん？」

声をかけながら中に入る。

家の中は真っ暗だった。

電気を点《つ》けて廊下を歩き、リビングへ。そこもやはり俺が電気を点けるまでは真っ暗で、人の気配がまったくない。ダイニングキッチンを覗《のぞ》いてみても、夕飯の支度をした痕跡さえなかった。

自分の部屋で寝ているのかと思い、廊下を振り返ってみるが、綾瀬さんの部屋はドアが閉まっていて中の様子は窺《うかが》えない。

もういちど玄関まで戻って靴を確認すると、綾瀬さんのふだん使いの靴がなかった。もちろん留守にしている親父《おやじ》や亜季子《あきこ》さんのものもなく、あるのはさっきまで俺が履いていたスニーカーだけ。

この家にいるのは俺だけ、ということだ。

スマホで時刻を確認すると、いまは夜の9時半。こんな時間帯に綾瀬さんが無断で外出したことなんて、これまで一度もなかった。

ぞわりと背筋に嫌な寒気が走る。

再テストの結果が芳《かんば》しくなくて、ショックを受けて……。などと、最近、悲劇的な結末を迎える恋愛映画を観《み》てしまったせいだろうか、最悪の結末を予想してしまう。

さすがに命にかかわることはない、と思いたい。

だが綾瀬さんのストイックさは、自分自身を追い詰めてしまうリスクもありそうに思えた。

今日、一日中そわそわしていたのも、らしくもなく過剰に干渉して結果を早く知りたがったのも、虫の報《しら》せのようなものがあったからだ。

あまりにも徹底しすぎた病的なまでの論理思考。そして己のその性質を嫌がって、異常なまでの柔軟性を獲得したがる姿勢。そういった自己否定は、どう考えても精神衛生に良いわけがなくて。

俺や奈良坂《ならさか》さんに頼って勉強を手助けしてもらうこと自体、彼女の流儀からすれば無理をしているのだ。

そこまで己を曲げても尚《なお》、再テストで結果を残せなかったとしたら？

「……ッ」

気づいたらスマホに指を走らせ、ＬＩＮＥでメッセージを送っていた。

いまどこにいるの？　……と。

束縛以外の何物でもない言葉。綾瀬さんとの円滑な家族関係を維持するためにも絶対に使うまいと思っていた言葉のひとつだ。だけどいまは、そんな忌み嫌っていた言葉でさえ、振るわずにはいられなかった。

後悔はしたくない。あとで自分が恥をかくだけなら、それでいい。

五秒――。十秒――。三十秒――。

そして、一分。

既読はつかない。LINEの画面にはいっさいの変化が起きない。

駄目だ。待てない。じっとしていられない。

弾《はじ》かれるように俺は動き出していた。玄関へ行き、あわただしく靴を履いて、我ながらどうかと思うほど乱暴にドアを開けて、マンションの廊下に出る。

エレベーターはいつの間にか一階に呼ばれていた。ボタンを押して、上がってくるのをもどかしく待つ。

たん、たん、と、一秒ごとにつま先が跳ねて地面を打つ。自分でも笑ってしまうくらい落ち着きがない右足だった。そんなことをしてもエレベーターの速度は上がらないぞと、理性で諫《いさ》めるが効果なし。たん、たん、たん、と、地面を打つ速度だけが上がっていた。

小説の読みすぎ、映画の観《み》すぎ。最近の若者はと揶揄《やゆ》されるようにフィクションに影響されて奇妙なヒロイズムに酔っているだけだと自分でも思う。現実で、いま想像しているような悲劇的な展開なんてそうは起こらない。

だがこの国で自ら死を選ぶ高校生が年間200人ほど存在するのも、厳然たる事実なのだ。

無責任な他人からは「そんなことで」と言われてしまう理由で、あっさりと命を絶つことだってあり得る。

およそ300万人以上いる高校生のうち、たった200人。遭遇するほうが珍しい、少数派。

でもそれを言ったら、綾瀬《あやせ》さんは多数派の人間に見えるか？　とても見えない。

もしかしたら俺が他人と接する経験に乏しいせいでそう思うだけかもしれないが、彼女は性格も、行動も、ふつうとはすこし違うように感じる。200人側に入っても、まったくおかしくない程度には。

チン、と、俺の焦燥感に反比例して日常的な音が鳴る。エレベーターが到着していた。

ドアが開き、あわてて中に駆け込もうとしたとき、中から出てくるところだった人物とぶつかりそうになった。

「わっ」

「あっ……」

お互いに避《よ》けようとして、俺とその相手は変なポーズで距離を取り合った。

相手はエレベーターの奥に引き下がり、俺は横から迂回《うかい》するように個室の中に踏み込む。

結果、どちらも個室の中。

驚きで思考と体が硬直して、互いに目と目を合わせ、その姿をしっかりと確認してから口を開いた。

「えっと……綾瀬《あやせ》、さん？」

「浅村《あさむら》くん。……どこか行くの？　こんな時間に」

エレベーターの奥、片手に学生カバン、片手に買い物袋を手にした制服姿の女子高生。

綾瀬さんが、目を丸くしてそう問いかけた。

「あー、いや、その、えーっと、なんていうか、その」

言葉が出ない。まさか映画に影響されてヒロイズム全開で綾瀬さんを心配してました、なんて言えるはずもなかった。

背後でエレベーターのドアが閉まっていく間抜けな音がした。

そうだった。目の前のクールでドライな綾瀬さんが、フィクションの世界の妹キャラなんかではないように、現実に起こる事件はとても些細《ささい》なつまらないものだし、走り出した主人公がイイ感じにロマンチックな見晴らしのいい場所で最高のシーンを演じるなんてこともあり得ない。

現実は街を一望できるビルの最上階でもなければ、小高い夜の丘でもなくて、住んでるマンションのしょぼいエレベーターの中だった。

「帰りが遅くて、連絡もつかなかったから。てっきりテストの結果にショックを受けて、どこかで泣いてるのかと……」

微妙に表現をマイルドにした。何事もなかったと判明したいま、さすがに命にかかわる想像をしていたと白状するのは、俺の恥の臨界点を越えてしまう恐れがあった。

「あはは。心配させちゃったんだ。それは、素直にごめん」

綾瀬さんが軽く笑って謝った。

それから、彼女はすこしだけうつむいて。

「再テストの結果ね。まあ、正直……あんまり良くはなかった、かな」

「えっ」

やはり結果が芳《かんば》しくなかったのだろうか。

心配する俺の前で買い物袋を地面に置くと、彼女は学生カバンの中から一枚のプリントを取り出しこちらに向けてきた。

94点。

再テストのクリア基準は確か80点だったはずだ。

「合格点じゃん。驚かせないでよ」

「浅村くん、現代文96点でしょ。勝てなかった。悔しい」

「なんだ、そういう意味か」

不満げに唇をとがらせる綾瀬《あやせ》さんに、俺は安堵《あんど》の息を吐き出した。

それにしても赤点だった教科でこちらの得意教科と点数で張り合おうというのだから、綾瀬さんのストイックさは推して知るべしだ。

「心配させてごめん。ちょっと、いつもと違うお店で買い物してて」

そう言って、綾瀬さんは床に置いた買い物袋をふたたび持ちあげて、かかげてみせた。

渋谷《しぶや》にある百貨店のロゴが入っている。

「わざわざデパートに行ってきたの？」

「そう。いつものスーパーよりも安くて高級感のある食材が買えるから。心配しなくても、安売りを狙ったから食費はいつもと同じ」

「さすが、しっかりしてる」

「暫定主婦だし、これぐらいは、ね」

「不思議な造語だ」

「ひと言でいったらこんな感じかなって。ずっと家事をして生きてくつもりはないけど、いまは主に主婦業を請け負ってる」

「確かに。しっくりくるかも」

しかしまさか綾瀬さんが言葉遊びを使うとは。いきなり読売《よみうり》先輩みたいなことをされるとびっくりするから、せめて前置きが欲しかった。いや、心の準備ができていても対応しにくいのは先輩で証明されてたか。

「でも、デパートに行った理由の説明になってないような？　もしかして、再テスト明けを祝して豪華にやりたいとか」

「50点。半分正解で、半分不正解」

「模範解答は？」

「浅村《あさむら》くんへのお礼。……こんな言い方すると、妙に恩着せがましく聞こえるかもしれないけど、いちおう本音のつもり」

わずかに目を逸《そ》らして、綾瀬さんは平淡な口調でそう言った。

「お礼されるようなことはしてないよ。あくまでも対等な取り引き。これまで綾瀬さんの希望をぜんぜん叶《かな》えてこれなかったわけだし」

「再テストに向けて、いろいろしてくれた。作業用BGMのローファイを教えてくれたり、現代文のコツを教えてくれたり。昨日は夕飯まで作ってくれた」

「一ヶ月以上、ほとんど毎日食事を作ってくれた綾瀬さんの労力には、まだまだ見合ってないと思うんだけど」

「言ったでしょ。ギブ&テイクはギブを多めに。くれたぶんは倍返しにしろって、有名な銀行員も言ってる」

「あれは復讐《ふくしゅう》の文脈では」

「違いはポジティブかネガティブかだけ。本質的には復讐《ふくしゅう》と同じ。浅村《あさむら》くんには、できるだけ贅沢《ぜいたく》な味を振る舞いたい」

「綾瀬《あやせ》さん……」

どれだけ律儀なんだろう、と思う。

俺の視点だとあまりにも多くのものをもらいすぎていて、むしろいかにお返ししていくかを考えなきゃいけないところだっていうのに。綾瀬さんときたら、俺が返す以上に更に返そうとしてくる。

どうしたらこの義妹《ぎまい》は無限に連なるギブを終わらせて、おとなしく兄のギブを受け取る気になるっていうんだ。と、わがままな実妹に頭を悩ませているかもしれない世の兄からしてみれば贅沢に過ぎる悩みに脳内を支配されかけた、そのときだった。

ふと綾瀬さんの声のトーンが下がった。

「それとも……年上の先輩じゃないと、素直に頼れない？」

「えっ」

予想外のひと言に、思わず聞き返した。

頼れる年上の先輩、と言われて頭の中で思い浮かぶ名前は、たったひとつきり。

読売栞《よみうりしおり》。バイト先の頼れる先輩の名前。

……あれ？

なんだろう。何かモヤモヤしたものが胸の奥、表面に浮かび上がってきた。理由はわからないけれど、綾瀬さんの顔を見ているだけで気まずい感情が湧き出てくる。

「読売先輩、の話？　どうしてここで先輩が出てくるの？」

「浅村くんがしっかり背中を預けてる相手。私が知ってる限りだと、あの人ぐらいだなって」

「それはまあ、バイトでシフトがかぶるから」

言葉を重ねるごとに喉が渇く。本当のことを話しているはずなのに、何故《なぜ》だか言い訳をしている気分になって、後ろめたさに拍車がかかる。

軽く首を振った。いったい何を考えているんだろうか、自分は。妙な想像で綾瀬さんを心配してしまった反動なのか、心臓が嫌な跳ね方をしている。

もしかして映画の登場人物のように命を落としてしまうのは俺のほうなのか？と、またしょうもない妄想をしてしまうんだから、俺という人間は本当にあきれた生き物だ。

「頼っていいよ。バイト先であの人にそうしてるみたいに。家では私のことを頼ってくれていい。妹のわがままだと思って、受け入れてくれない？」

まるで本当に年下の妹のように小首をかしげる綾瀬さん。彼女にそんな小悪魔的な所作ができたのかと驚かされるが、おねだりにしてはずいぶんと利他的な申し出だなと、内心苦笑してしまう。

だけどそこまでされてしまうと、兄としては、やはり折れるべきなんだろう。

「今日のところは、素直にご馳走《ちそう》になればミッション達成、なのかな」

「うん。そうしてくれたら、うれしい」

そう言って、綾瀬《あやせ》さんは満足げにうなずいた。

自分が何かを施す側なのに喜んでいるというのは、なんだかおかしな話だと思うが。

だけど、これは現実。物語じゃないからこそ、トリガーとアウトプットがわかりやすく一対一の図を描いていないのだ。人工物と異なり自然物が時に歪《いびつ》なモニュメントを生み出すように、このチグハグ感こそが、現実の現実たる所以《ゆえん》なんだろう。

「……いつまでここにいるんだろうな、俺たち」

「それね。誰もエレベーターを呼び出してなくてよかったね」

ふたりを乗せたままこの階にずっと留《とど》まり続けていたが、いい加減いたずらを疑われてしまいそうだ。

奇妙な密室状態が可笑《おか》しくてすこし微笑を交わし合い、俺と綾瀬さんはワンボタンで開く牢獄《ろうごく》から何の障害もなく脱出した。脱出にひと悶着《もんちゃく》あったりするわけじゃないところもとことん現実である。

家に入り、遅い夕飯の支度を始めようとする綾瀬さんに、俺はふと気づいて声をかけた。

「あ、そういえば。もうひとつだけ訊《き》いてもいいかな」

11
12

「なに？」

「LINEでメッセージ送ったんだけど、なんで返信しなかったの？」

「ああ、それね」

なんでもないことのように言い、綾瀬《あやせ》さんはスマホを渡してきた。それは電源が切れているようで、真っ暗な画面のまますんともすんとも言わない。電源ボタンを長押ししてみても、再起動する気配はなかった。

「浅村《あさむら》くんに教えてもらったローファイ・ヒップホップ。あれをスマホで聴きながら勉強するのにハマってるせいか、最近、電池がみるみる溶けてくの。気づいたら充電がゼロになってることが増えてて」

「ああ……電池切れね。なるほど」

真実はどこまでも退屈で、つまらない形をしていた。

このとき、俺が本当に冷静だったら彼女との一連のやり取りには大きな嘘《うそ》があることも、指摘すべき違和感があることにも気づけただろう。そこにまったく思い至らなかったのは、ひとえにそれだけ心配を募らせていたのと、安心したことによる思考停止によるものだと思う。

夜、眠る前になってふとそれに気づき、大いなる疑問として俺の中にしこりを残してしまうのだが、そのときにはもう訊《き》く機会も逸してしまい真実は永遠に闇の中に沈んでしまった。

その疑問の答えを知りたいなら、綾瀬さんの日記でも読むしかないだろう。

渋谷《しぶや》の百貨店が近所のスーパーより遠いとはいえ、帰りが午後9時半というのはいくら・・・・・・・・なんでも遅すぎやしないか？

## ●7月22日（水曜日）

渋谷《しぶや》の高い建物を追い越すように入道雲が伸びあがっている。

白い雲の背後にはからりと晴れあがった青い空が、まるでブルーバックスクリーンのように見えていた。

いよいよ本格的な夏が来る。

水星《すいせい》高校の一学期は今日で終わり。つまり本日は終業式だ。

教室のなかの弛《たる》んだ空気も、休みを前にしたアッパーなテンションに切り替えられていて、教師の一喝にもなかなか静まらない。

「では、解散！　みんな、羽目を外すんじゃないぞ！」

その言葉を合図に教室のなかはすでに夏休みに突入していた。あきれ顔になった教師が首を振りつつ出ていくが、もう誰もそちらを見ていない。

「じゃあ、お先に」

丸《まる》に言って、俺は席を立った。

「おう。やけに急ぐな」

「バイトがあるからね」

「これからか？　まだ夕方にもなってないぞ」

驚いたように目を瞠《みは》った。

「一時間、早くシフトを入れてあるんだ。実は、ひとりベテランの先輩がやめちゃってさ。できるかぎり来てくれって言われてて」

「それは大変だな」

「そういうわけで、今日はすこし早めに帰って準備しようと思ってね」

「おう、勤労青年がんばれ！」

丸はそれ以上を問うことはなく、俺も時間が惜しいから教室を飛び出した。

ほんの一時間早いだけなのだから、そこまで急ぐこともないのだが、初めての行動には予想外のことが起こりがちだ。リスケジュールを申し出ていて遅刻するという醜態だけは御免だった。

けれども、俺の心配は杞憂《きゆう》に終わり、時間どおりに書店へとたどり着けていた。

着替えて店内へと出て俺は気づいた。

客が少ない。

時間を確認すると、きっかり一時間いつもより早い。それだけでこんなに店内の雰囲気が変わるのか。よく見れば会社帰りのサラリーマンの姿がほとんどない。それもそのはずで、ふつうの会社ならばまだ就業時間ぎりぎり。増えてくるのはこれからだ。

「後輩君、今日は早いねぇ」

振り返ると読売《よみうり》先輩がにこにこしながら手を振って近づいてくるところだった。

「あ、先輩。はい。今日はちょっと早めに入れてもらって。そういう先輩こそもう入ってたんですね」

「うちの学科は月曜日からもう夏休みだもーん」

「大学生ですねえ」

「友人は実験三昧で夏休みなんてないって零《こぼ》してたけどね。理学系は大変だよねぇ」

「つまり先輩は暇があるんですね」

「だからここにいるのだよ。ところで後輩君は夏休みはフルタイムで入るの？」

「まあ、今のところはそのつもりですが」

俺の答えに読売先輩は妙に嬉《うれ》しそうに微笑《ほほえ》んだ。その笑顔は何か誤解を招きそうなんでやめませんか。

「バイト漬けだねぇ、後輩君と一緒の時間が増えて先輩は嬉しいよ」

「からかわないでくださいよ」

「いやいや。からかってなんていないよぅ。純粋にバイト仲間とともに労働の汗を流せる喜びに浸っているんだってば。まあ、後輩君は可愛《かわい》い妹ちゃんとともに青春の汗を流したいのかもしれないけど」

「からかってるじゃないですか」

「ばれたか」

ぺろっと小さく舌を出すところまでは、コケティッシュでまるでフィクションによく出てくる小悪魔なヒロインのようだったけれど、すかさず大先輩に呼ばれてレジのほうへとドナドナされていったときの表情は疲れたＯＬみたいだった。いや、疲れたＯＬなんてのも俺はフィクションでしか見たことがないわけだけど。

しかし、読売先輩に言われてそうかと改めて俺は考える。綾瀬《あやせ》さんと兄妹《きょうだい》になってから初めての長期休暇なわけだ。

同じ学校とはいえクラスが別だと会う機会はほぼない。球技大会前の体育の授業が特別だったわけで。

けれども夏休みはお互いに家にいるわけだから、今までよりも顔を合わせる時間が増えるかもしれない。

いや、バイトがあるからそれはないか。

この夏はかなりの日数をフルタイムで入れてしまった。つまり、俺自身が家にいることがないわけで、会う機会を自分から減らしてしまったわけだ。いや、別にそこまで一緒にいたいという気持ちがあるわけではないけど。ないよな？

首を振って妙な考えを打ち払うと、俺は今日の割り当てをこなすべく気持ちを切り替える。まずは棚整理と新刊の補充からだ。

しばらく没頭していたら背中が悲鳴をあげた。本屋の仕事は意外と腰と背中を痛めるもので、それも重い本を持ち上げては、抱えたままあちらからこちらへと移動したり、低い棚を前かがみになりながら整理し続けたりするからだ。

ひとつ息をついてから、俺は両手を組み合わせて伸びをした。

背中がばきばきと鳴る音が聞こえる。

両肩を回してほぐしていると、視界の端を見慣れた明るい色の髪が動いた気がした。慌てて視線を向けると、スタッフ専用の事務所の扉へと見慣れた格好をした女の子が入っていった。

あれは……。

「浅村《あさむら》君、疲れたら、遠慮しないですこし休んだほうがいいよ」

振り向いたら店長だった。

「あの……今、入っていったのは？」

俺が向けた視線の先を見て店長が「ああ」と言った。

「これから、新しいバイト志望の子の面接があるんだ」

人手が足りなかったからね。助かった。

夏休みから働きたいっていう高校生の女の子だよ。

そういえば浅村くんと同じ学校だったかな。

店長の声がどこか遠くから聞こえてくるような気がする。

「名前は？」

反射的に口をついた問いに返ってきた答えだけはくっきりと聞こえた。

「綾瀬《あやせ》沙季《さき》、って子」

## ●エピローグ　綾瀬沙季《あやせさき》の日記

7月16日（木曜日）

やらかした。もともと現代文は自信なかったけど、まさか赤点を取るなんて。

苦手なんだよなぁ、小説問題。

苦手を苦手のままにしておくのは嫌だし、克服しようと思って参考書で問題をたくさん解いたりしてみても、結局、本番の限られた時間内では再現できなくて。

余計なこと、考えすぎてるんだよね。

浅村《あさむら》くんの言うように文意を汲《く》み取ることだけに集中して、問題の全部を理解しないまま進めればいいのに、どうしてもそれができない。

人物同士のすれ違いや思い悩む様が、意味不明で。どの台詞《せりふ》がどんな思考のもと発せられたものか、ぜんぜんわからない。

直接、ストレートに想《おも》いを開示して、すり合わせれば早いのに。本音を隠せば意思疎通はままならず、自分の抱えた恋愛感情を成就させるのは不可能だと思うのだけど。

……わかってる。ただのひねくれ者だって。

それにしても浅村くん、勉強の教え方うまいなぁ。
正直、ちょっと諦めてたんだけど。
おかげで希望が持てそう。
ありがとね。

7月17日（金曜日）

浅村くんにオススメされたローファイ・ヒップホップ、すごくいい。
雨の音っぽいノイズがお洒落《しゃれ》。
そういえば、雨の日の、雨粒が弾《はじ》ける音。けっこう好きだったかも。
天気が悪いと集中できるの、私だけ？
こんなジャンルが海外で流行《はや》ってたなんてぜんぜん知らなかった。
わざわざ調べてきてくれた浅村くんには感謝しなくちゃ。
いけない、集中しすぎた。もうすぐ朝になりそうじゃん。
早く身支度して寝なくちゃ。
睡眠時間も学習能力向上に大切だって聞いたことあるし、夜更かしは健康にも頭脳にも悪いみたいだし。
それにしてもこんなに集中できちゃうなんて。
この音楽、効果抜群だね。

おかしい。
ベッドに入って、目を閉じると余計な考えが脳裏によぎってしまう。
脳を休めなきゃいけないのに、変な回転の仕方をしてしまう。
ローファイ・ヒップホップ。
浅村《あさむら》くんがこれを教えてもらったの、バイト先の美人の先輩なんだよね。
どうでもいいけど。
なんでどうでもいいと思ってるのに、わざわざ日記に書かずにいられないんだろう。
意味わかんない。

7月18日（土曜日）

こんな内容をいまから日記に書こうとしている自分自身のことがよくわからない。

どう考えても筋が通ってない。

私がこれを書く権利なんて何もないはずなのに。

でも書く。

いいよね、自己満足で。日記なんて所詮は自己満足の塊なんだから。


浅村くんの帰りが遅かった。

夜の9時にバイトを終わらせたらだいたい9時半とか、遅くても10時くらいには帰ってくる。それぐらいの振れ幅で収まるはず。

なのに10時半を過ぎても帰ってこない。

冷蔵庫に飲み物を取りに行くついでに、お母さんたちに訊《き》いてみようと思った。

今日は珍しくお母さんも太一《たいち》お養父《とう》さんもずっと家にいた。

夜はふたりでテレビを観《み》ながら談笑していた。

仕事で忙しいふたりが揃《そろ》って休みなのは本当に貴重で、あまり夫婦の時間を邪魔したくないと思ったけれど、背に腹は代えられない。

ふたりに浅村くんのことを訊いてみた。

帰りが遅すぎますよね？　大丈夫なんですか？　って。

そしたらこんな返事が返ってきた。

悠太《ゆうた》ならバイト先の女の子と映画を観《み》てくるらしいよ。


バイト先の女の子。

そんな連絡、私は受けてない。

いや、わかってる。私に話を通す理由なんて何もないんだから。

家族全員に無断で夜遊びするのは高校生として咎《とが》められても仕方ないと思うけど、太一《たいち》お養父《とう》さんにひと声かけてるならそれ以上を求めるのはただのエゴだ。

浅村《あさむら》くんにだって人間関係はある。

女の子のひとりやふたりぐらい、交流があってもおかしくないだろう。


もしかして、あの人なのかな。

浅村くんにローファイ・ヒップホップをオススメしてくれた、噂《うわさ》の美人の先輩。

だとしたら、嫌だな。

ああ、後悔。やっぱりこれ、文字にすると本当の感情と違う出力がされてる気がする。

知ってる単語の中で一番近いのが「嫌」なんだけど、べつに見ず知らずの書店員さんに嫌悪の感情なんて抱きようもないのに。

ホント、最悪。

その人のこと知りもしないで、断片的な情報と思い込みだけでこんなネガティブな単語を出力できてしまう自分に嫌気が差す。自己嫌悪。

モヤモヤする。

なんとなく、浅村くんが帰ってきたら「おかえり」と声をかけたいと思い、自分の部屋じゃなくてリビングで勉強することにした。

お母さんたちが「おやすみ」と言って、寝室に消えたあとも、ひとりでリビングで勉強し続けた。

※翌日、追記。
しまった。完全に寝落ちした。

やっぱり昨日、寝たのが朝になってからなのに、昼前には目覚めてたからだろう。

ショートスリープの弊害だ。

結局、浅村くんが帰ってくる時間まで起きていられなかった。挨拶もできなかった。

そういえば、タオルケットがかけられてたけど、これ浅村くんがやってくれたんだよね、たぶん。

そう考えたら、なんとなく昨夜感じてたモヤモヤした気分が、すこし晴れたような気がする。

どうしてなのかは、よくわからないけど。

なんだこれ。

7月19日（日曜日）

あれが噂《うわさ》の美人の先輩かぁ。本当に美人すぎてびっくりした。

現代文の力をつけるための参考書や小説を買いに行くって決めたとき、自然と浅村《あさむら》くんのバイト先に足が向いたのは、結果的に何か妙な意識をしてるみたいになってしまって、そこは本当に反省してる。

読売栞《よみうりしおり》。

綺麗《きれい》な名前だな、って思う。

本を愛し、本に愛され、そして本を愛する人に愛されそうな名前。

それに大学生だからなのかな、とても大人っぽくて、それでいてただ美人なだけじゃなくて可愛《かわい》らしい愛嬌《あいきょう》みたいなものもあって。

浅村くんとも楽しくやってた。

本当に、お似合いだなって思う。あんな人と一緒になれたら、浅村くんもさぞ幸せなんじゃないかな。


そういえばあの本屋さん、お店にアルバイト募集のポスターが貼ってあったな。

書店アルバイト、か。

効率のいい高額バイトとは呼べないかもしれないけれど、変な近道をしようとせずに、コツコツと続けていくならアリかも。

でも、どうだろう。さすがに気持ち悪いかな。義理とはいえ、兄の働いてるバイト先の面接を受けに行くなんて、ふつうはやらないよね。


って、待て待て。

バイトとか、他のことに気を取られてる場合じゃないでしょ。

まずは再テストをクリアしなくちゃ。

集中しろ、綾瀬沙季《あやせさき》。

7月20日（月曜日）

今日は再テスト前、最後の追い込み。

手伝ってくれた浅村《あさむら》くんや真綾《まあや》には本当に感謝してる。

早く寝て、スッキリ起きて、頭を働かせて挑みたいから、日記も短めに。


酢豚《すぶた》、おいしかったよ。

ありがとう、ふたりとも。

7月21日（火曜日）

再テスト、クリア。

結果が出た後ならいくらでも言えるけど、正直、昨日ぐらいでもう合格は確信してた。

固く結ばれたひもの結び目が、ほどかれていくような確かな手応えを感じていた。

浅村くんのおかげ。真綾もありがとう。

何はともあれ、これで夏休みは自由に時間を使えそうだ。勉強をしながらコツコツと、アルバイトでお金を貯《た》められる。

再テストが終わった後、家に帰る前に渋谷《しぶや》に立ち寄ることにした。

もう一度、浅村くんのバイト先、駅前の書店へ行こうと思った。

アルバイト募集のポスターをよく見て、内容を確認したかった。

浅村くんの姿は見えなかった。もしかしたら出勤してたのかもしれないけど、できればここでバッタリ遭遇したくなかったから、レジからなるべく離れた場所を、店員さんに見つからないように歩いた。

ストーカーって思われたら嫌だし。

こっそり店内を移動して、ポスターを確認した。

ポスターを見ていたら店長さんらしき人に声をかけられた。

バイトに興味あるの？と。

そんなに顔に出てたのかな。顔に出ないタイプだって自負があったんだけどな。

思わず、そうです、って言ってしまった。

もう引き返せない。

さっそく明日、面接らしい。履歴書を持ってきてほしいと言われた。

アルバイトの面接なんて受けたことないから、ちゃんと練習して行かなくちゃと思って、カラオケボックスに行った。

家でやってもよかったんだけど、もし浅村《あさむら》くんがいたらと思うと気まずかった。面接の練習をしてるところを聞かれたら、軽く死ねる。説明もできないし。

なんであの書店でバイトする気になったの、とか質問されても答えられないし。私だってわからないんだから、無理だよ。そんなの。

スマホでテンプレ質問を参照しながら、ひとりで面接の練習をした。

たまに店員さんが入ってきて、歌ってない姿を見られるのは気まずかったけれど、まあ一期一会の他人だし、それはいい。

心配させてごめん、浅村くん。

帰りが遅くなりそうだから連絡しようかなと思ったんだけど、そうしたら、どうして遅くなるのか説明しなきゃいけなくなりそうで。バイト先の本屋に行ってました、バイトの面接を受けるために練習してました。……言えるわけない。

最近感じている、モヤモヤした感情の正体と向き合わなきゃいけなくなりそうで。

せめてもの償いに、今日はとっておきのご馳走《ちそう》を振る舞うことに決めた。

せっかく渋谷《しぶや》にいるんだし、と、百貨店に寄っていくことにした。

予算の許す範囲で高級な食材を買ってきて、おいしいものを食べてもらえば、すこしは許される気がするから。

許されなくても……それはまあ、受け入れるしかない。かな。

帰りが遅くなった理由は百貨店に寄ってたから、で押し通そう。連絡がつかなかったのも、電池が切れてたから、でいいよね。整合性の取れてる言い訳ぐらいなら、理屈でいくらでも作れる。

やっぱり浅村くんに心配されてた。あんな焦った様子の彼を初めて見た気がする。

エレベーターのドアが閉まってからも、ふたりで、いろいろ話した。

狭い個室の中で、ふたりきり。

マンションのエレベーターなんて、どうでもいいような場所だけど、あの密室で一緒っていうのは、さすがの私も緊張した。

汗くさいって、思われてないといいんだけど。

とりあえず浅村くんには用意していた言い訳を用意した。信じてもらえてよかったけど、嘘《うそ》をついてるうちにだんだんと頭の中で違和感の芽が成長していく。

小説の登場人物と同じことしてない？　いまの私。

モヤモヤした素直な感情を彼とすり合わせることなく、自分の中だけで処理して、見えないように蓋をして、そして嘘《うそ》までついて、その場をしのぐ。

意味なんてないのに。

最初から本音で接して、すり合わせていけば、妙な事故もすれ違いも起きずに、正解の道を突き進んでいけるはずなのに。


私は、怖いんだ。

いま、感じてしまっていること。なんとなく、自分がどうなってしまっているのか、彼のことをどう考えているのかを、理解してしまっているから。

そのたったひと言の感情を、日記に文章として残すことさえためらってしまう。


皮肉すぎる。

私自身が、小説の登場人物みたいになってしまうなんて。

7月22日（水曜日）

やってしまった、やってしまった、やってしまった、やってしまった、やってしまった。

アルバイトの面接、まさかあんなにあっさりと採用が決まるなんて。

浅村《あさむら》くんも読売《よみうり》さんもシフトに入ってた。見つからないように早足で帰ってきたつもりだけど、大丈夫だろうか。

いや、いまさらそんなの時間稼ぎにしかならない。

もう、逃げられない。

浅村くんに説明しなくちゃいけないいんだ。なんで同じ書店でアルバイトをしようとしているのか。

説明するのは、怖い。

怖いけど、でも同時に、ホッとしている自分もいた。

ホッとするに決まってる。だって、ようやくこのモヤモヤした感情から解放されるんだから。

私の知らない浅村くん。

私の知らない浅村くんと読売さんの関係。

そこに、すこしでも触れられるんだとしたら、このモヤモヤした気持ちの悪い感情も、すこしはやわらいでくれる。そう、思う。

……本当、信じられない。

なんで私、行動の主導権を彼に握られているんだろう。

しかも浅村《あさむら》くんは何もしていない。ただ私が勝手に自ら鎖でつながれに行って、勝手に縛られているだけ。

ほんと、笑ってしまうほど滑稽な感情だ。

どうせ誰にも読ませるつもりないし、自分を戒めるためにハッキリ書いておこうかな。

鍵つきの引き出しの奥にしっかり保管しておけば大丈夫だよね。

ここで問題です、私。綾瀬沙季《あやせさき》。

Q・おまえの醜い感情の正体をひと言で述べよ。

A・嫉妬です。

# あとがき

小説版『義妹生活』第2巻を手に取っていただきありがとうございます。YouTube版の原作&小説版作者の三河《みかわ》ごーすとです。今回は理性的で冷静沈着な綾瀬沙季《あやせさき》の意外な弱点にフォーカスした物語となっています。真面目すぎるがゆえの彼女の弱点は、胸に手を当てたら自分にあてはまる方も多いのではないでしょうか。

そんな彼女の癒やしとなり支えになる浅村悠太《あさむらゆうた》紹介のローファイ・ヒップホップ。実は『義妹生活』のYouTubeチャンネル上でも沙季が聴いたものを公開しようと思っています。公開されたらぜひ聴いてみてください。勉強や作業に最適ですよ。

又、早くもコミカライズが決定しました！　作画は奏《かなで》ユミカ先生に担当していただけるとのことで、私も今から楽しみです。続報は公式ツイッター等をご確認ください。

謝辞です。イラストのHitenさん、YouTube版綾瀬沙季役の中島由貴《なかしまゆき》さん、浅村悠太役の天﨑滉平《あまさきこうへい》さん、奈良坂真綾《ならさかまあや》役の鈴木愛唯《すずきあゆ》さん、丸友和《まるともかず》役の濱野大輝《はまのだいき》さん、本書特典の読売栞《よみうりしおり》役を演じてくれた鈴木《すずき》みのりさん。動画ディレクターの落合祐輔《おちあいゆうすけ》さんをはじめYouTube版のスタッフの皆さん、すべての関係者の皆さん。そして何よりも読者の皆さんと動画ファンの皆さん。ありがとうございます。『義妹生活』をこれからもどうぞよろしくお願いいたします。

義妹生活
2021年春連載開始予定!
コミカライズ決定!!
漫画　奏ユミカ
※2021年3月時点の情報です。
『義妹生活』
公式Twitterアカウント

悠太と沙季が義理の兄妹になって初めて迎える夏休み。
2人の関係は家の中だけに留まらない。
何故か悠太が働く書店に履歴書を出した沙季は、
アルバイトの後輩として働き始めることに。

# ゆっくりと変わっていく

兄としての立場を脇に置き、
先輩として彼女と接していくにつれて、
悠太は今まで見えていなかった、
沙季の新たな一面に気づいていく。

2021年
7月25日発売予定!

※2021年3月時点の情報です。

そんなある日、同じシフトで働く読売栞が、
沙季の様子にひとつの不吉な兆しを見出す。
「あの子の真面目で自分に厳しい、甘えられない性格は、
いつかあの子自身を壊してしまうかも」

悠太は決断を迫られる。
期待しない、干渉しすぎない——

その約束を破り、
彼女の在り方に
影響を与えてしまうような
介入をするのか、否か。
兄として彼が選んだ〝選択〟と
その結末は……？

# 等身大の〝兄妹関係〟を描いた恋愛生活小説 第3弾。

# 『義妹生活』第三巻

MF文庫J

# 義妹生活 2

2021年 3月25日　初版発行
2023年 2月15日　9版発行

著者　三河ごーすと

発行者　山下直久

発行　株式会社 KADOKAWA
〒102-8177 東京都千代田区富士見2-13-3
0570-002-301（ナビダイヤル）

印刷　株式会社広済堂ネクスト

製本　株式会社広済堂ネクスト

©Ghost Mikawa 2021
Printed in Japan　ISBN 978-4-04-680326-9 C0193

◎本書の無断複製（コピー、スキャン、デジタル化等）並びに無断複製物の譲渡および配信は、著作権法上での例外を除き禁じられています。また、本書を代行業者等の第三者に依頼して複製する行為は、たとえ個人や家庭内での利用であっても一切認められておりません。
◎定価はカバーに表示してあります。

●お問い合わせ
https://www.kadokawa.co.jp/（「お問い合わせ」へお進みください）
※内容によっては、お答えできない場合があります。
※サポートは日本国内のみとさせていただきます。
※Japanese text only

◇◇◇

【ファンレター、作品のご感想をお待ちしています】
〒102-0071 東京都千代田区富士見2-13-12
株式会社KADOKAWA　MF文庫J編集部気付「三河ごーすと先生」係　「Hiten先生」係

読者アンケートにご協力ください!

アンケートにご回答いただいた方から毎月抽選で10名様に「オリジナルQUOカード1000円分」をプレゼント!! さらにご回答者全員に、QUOカードに使用している画像の無料壁紙をプレゼントいたします!

■ 二次元コードまたはURLよりアクセスし、本書専用のパスワードを入力してご回答ください。

http://kdq.jp/mfj/　パスワード wh65a

●当選者の発表は商品の発送をもって代えさせていただきます。●アンケートプレゼントにご応募いただける期間は、対象商品の初版発行日より12ヶ月間です。●アンケートプレゼントは、都合により予告なく中止または内容が変更されることがあります。●サイトにアクセスする際や、登録・メール送信時にかかる通信費はお客様のご負担になります。●一部対応していない機種があります。●中学生以下の方は、保護者の方の了承を得てから回答してください。